해파리를

따라서

여름으로

박서형 장편소설

해파리를 따라서 여름으로

차례

이삭은 천막 밑, 조잡하게 꾸민 카운터를 지키고 있었다. 가판대에는 밀짚모자, 튜브, 폭죽, 싸구려 스노클링 안경, 모래성을 위한 장난감 삽이 쌓여 있었다. 그 옆에는 아이스박스가 있었다. 얼음물에 담가둔 페트 음료수를 팔았지만 옆 가게에 미니 냉장고가 있는 바람에 찾는 사람은 많지 않았다. 가끔 더위에 지친 이삭이 손을 담그는 정도로만 쓰일 뿐이었다. 튜브 바람 채워 드립니다, 계좌 이체 가능합니다, 같은 문구가 적힌 종이는 코팅되어 카운터 앞에 붙어 있었다. 카운터……. 이삭은 혼자 웃었다. 플라스틱 의자와 테이블을 두고 그 위에 돈통을 놓으면 카운터인가. 하다못해 선풍기도 없고 오직 바닷바람에만 의지하는 카운터라니.

7월 중순에 접어들어 방학이 시작됐지만, 본격적인 휴가철은 아직이었다. 그러나 해변은 붐볐고 밤마다 폭죽 터지는 소리가 들렸다. 이삭은 부모와 손을 잡고 온 아이에게 장난감 삽을 팔았다. 부모는 한 걸음 뒤로 물러났고, 다섯 살쯤 돼 보이는 아이가 돈을 지불했다. 이삭은 희미하게 웃으며 아이에게 손을 흔들었다. 아이가 장난감 삽을 쥔 채 손을 마주 흔들어 주었다. 이삭이 이어폰을 다시 끼려는 그때, 천막 아래로 누군가 들어왔다. 어서 오세요, 하고 인사했지만 손님과 눈을 마주치지는 않았다. 이삭에게 사람을 바라보는 일은 어색했다.

"안녕."

익숙한 목소리에 고개를 드니 같은 반 이리리가 서 있었다. 이삭은 잠시 눈을 굴리고는 고개를 한 번 끄덕였다. 나만큼이나 웃음거리가 되기 좋은 이름을 가진 애. 이리리는 가판대를 꼼꼼하게 둘러봤다. 줄무늬 티셔츠에 반바지, 흰 운동화와 흰 양말. 그러나 나와는 비교도 안 되게 멋진 이름을 가진 애. 이삭은 학기 초 국어 시간에 이리리가 발표한 글짓기를 기억하고 있었다. 리리는 이치, 할 때의 이를 두 번 써서 리리가 된다고. 이치理를 다스리는理 사람이 되라고 해서 이리리가 되었다고 자신의 이름을 설명했다. 작년 가을에 전학 온 애. 여기서 평생을 산 나보다 친구가 많은 애. 이삭은 눈을 내리깔고 이어폰 줄을 손가락에 감았다.

"얼마야?"

밀짚모자를 쓴 이리리는 휴대폰을 꺼내 자신의 모습을 확인하고 있었다.

"만 원."

"미친 거 아니야? 왜 이렇게 비싸?"

이삭은 자신을 똑바로 마주하는 이리리의 시선을 피했다. 느리게 어깨를 으쓱, 올렸다 내리며 자신은 힘없는 아르바이트생임을 보여 주려 했다. 사실은 5천 원이었지만 이리리가 얼른 떠나 주길 바라서 가격을 부풀려 이야기한 것이었다. 이리리는 물러서지 않고 이건? 이건? 하며 다른 물건들을 가리키며 가격을 물었다. 그때마다 이삭은 꼬박꼬박 대답했고 이리리는 바가지다, 바가지, 하며 놀랐다. 이삭은 이리리가 불편했다. 흰 운동화를 신고 모래사장을 돌아다니는, 이 고장에 대해서는 아무것도 모르는 이리리가 싫었다. 신발 다 버린다… 생각하며 벌써 슬리퍼 모양대로 탄 발가락을 꼼지락거렸다. 밀짚모자를 쓴 모습은 동화책에 나오는 캐릭터 같기도 해서 더욱 싫었다. 그래. 너는 그런 게 잘 어울리지만……. 이삭은 이리리를 쫓아내는 대신 한쪽 귀에 이어폰을 꽂았다. 그 모습을 본 이리리는 밀짚모자를 내려놓고 흐트러진 머리칼을 정리했다. 그리고 물었다.

"너, 죽고 싶다며?"

이삭은 참았던 숨을 뱉듯 허, 하고 입을 벌렸다. 작년에 입학하자마자 그 일이 있었으니 전학생이라도 소문을 알기에는 충분한 시간이었다. 위클래스 상담 중에 '사라지고 싶다'고 내뱉었던 것이 문제였다. 그 말을 상담사가 담임선생에게, 담임선생이 아이들에게, 아이들이 부모들에게, 부모들이 다시 학교 선생들에게 옮겼다. 그사이 이삭이 했던 말은 '죽고 싶다'로 바뀌어 있었다. 이삭은 그렇게 생각했다. 말이 바뀌었다고. 부풀려진 것도 와전된 것도 아니고 바뀐 것이라고. 매달 교실 자리를 바꾸듯이 그런 것뿐이라고. 그래서 자신을 기피하거나 조롱하는 아이들에게 별말 하지 않았다. 바뀐 것은 말뿐이고, 이삭의 마음은 변하지 않았기 때문이었다. 하지만 같은 반이 되고 처음 말을 섞어 보는 이리리에게는 왠지 그러고 싶지 않았다.

"아닌데."

"아니야? 아닌데. 너 맞는데."

정확하게 말하고 싶었다. 죽고 싶은 게 아니라, 사라지고 싶은 거야. 하지만 입을 꾹 다물었다. 무슨 말을 해도 이 애는 이해하지 못할 거라고, 이삭은 믿었다. 이리리는 잠시 고개를 내리깔고 모래를 툭툭 찼다.

"망했네."

혼자 중얼거린 것 같았지만 이삭은 뭐? 하고 되물었다.

"같이 죽으려고 했거든."

이리리가 이삭을 바라봤다. 이삭은 그 눈빛을 보고 깨달았다. 이 애는 불편하거나 싫어할 수만은 없는 애구나. 학교에서 보던 빛나는 눈이 아니었다. 잠깐 사이에 이렇게 빛을 잃을 수 있나? 싶을 정도로 이리리의 눈은 슬퍼 보였다.

"왜 나랑 죽으려는 건데?"

"넌 안 죽고 싶다며."

"……."

"너 교실에서 잘 때, 주먹 꽉 쥐고 자는 거 알아?"

이삭은 대답하지 못했다. 자고 일어나면 늘 손이 뻐근하고 손바닥에는 손톱자국이 나 있었다. 그것을 아는 사람은 이삭뿐이었다.

"악몽 꾸는 애들은 죽고 싶어 하잖아."

"그래?"

"응. 내가 그러거든. 그렇게 손을 꽉 쥐는 애라면, 내가 망설여도 등을 밀어줄 것 같았어."

둘 다 침묵을 지켰다. 관광객들이 웃고 떠드는 소리와 파도 소리가 뒤섞였다. 어느 가게에선가 틀어 놓은 라디오에서는 철 지난 유행가가 나왔다. 이삭은 무슨 말이든 하기 위해 입술을 달싹였지만 쉽게 나오지 않았다.

"근데 머리끈은 안 파니? 너무 덥다."

이리리는 긴 머리카락을 높게 올려 쥔 채 가판대를 두리번거렸다. 평소처럼 명랑해 보이는 눈빛이었다. 이삭은 알 것 같았다. 눈물을 참는구나. 슬픔을 드러낼 필요가 없는 사람이 아니라 슬픔을 감춰야 하는 사람의 표정이었다. 아이스박스에서 이온 음료를 꺼내 이리리에게 건넸다. 이리리가 환하게 웃으면서 물이 뚝뚝 떨어지는 그것을 목덜미에 가져다 댔다.

"알바 언제 끝나?"

"다섯 시."

"세 시간 남았네. 데리러 올게."

"왜?"

"왜?"

"응. 왜?"

"너한테 부탁하려고."

이리리는 페트병을 반대편 목덜미에 대며 이따 봐, 하고 손을 흔들었다. 이삭은 아무 말도 하지 않았다. 데리러 온다. 부탁을 하기 위해. 이삭은 누군가 자신에게 부탁이라는 걸 한 게 언제인지 헤아렸다. 부탁은 믿을 수 있는 사람에게, 기대가 있는 사람에게 하는 게 아닌가? 왜 이리리는 나를 믿고 나에게 기대하지? 죽고 싶은 애라서? 이삭은 앞머리를 헝클었다가 다시 차분하게 정리했다. 이리리가 다시 오면 모두 이야기할 작정이었다. 자신의 이름에 대해. 자신이 얼마나 쓸모없는지, 혹은 나쁜지에 대해. 모두.

나는 네 바깥에 있어.

그 말이 한참을 맴돌았다.

이리리는 이삭이 일하는 천막이 보이는 곳에 자리 잡았다. 따끈하게 달궈진 벤치에 앉자 앞에 펼쳐진 바닷가 풍경이 영화처럼 보였다. 노을이 진 하늘과 반짝이는 물결, 그 사이사이에 박혀 있는 것처럼 보이는 사람들. 해변을 걷는 연인들. 이게 영화라면 내가 조연이겠네, 하고 이리리는 생각했다. 천막은 멀지 않은 곳에 있었으나 이삭은 이리리를 눈치채지 못하고 있는 것 같았다. 앞으로 5분. 이리리는 휴대폰 속 시간을 확인했다. 곧 천막 안으로 누군가 들어가는 게 보였다. 얼굴이 익숙해서 한참을 보니, 3학년 선배였다. 그는 이삭의 정수리를 칭찬하듯, 그러나 과격하게 쓰다듬었다. 이삭은 가만히 손길을 받고 있다가 꾸벅, 그에게 인사하고 천막을 나왔다. 멍청이 아냐? 이리리는 기가 막혔다. 뭘 저기에 대고 인사를 해 주고 있어. 천막 밖으로 나온 이삭이 이리리를 발견했다. 이리리는 손을 들어 보였다.

이리리를 향해 똑바로 걸어오는 이삭은 키가 컸다. 같은 반이지만 이삭에게 관심이 없어서 몰랐다. 애초에 가까이 있을 일이 거의 없었으니까. 자세가 구부정해서 그렇지, 180cm는 훌쩍 넘어 보였다. 비쩍 말라 가지고. 누렇게 변색된 흰 티셔츠, 낡아 보이는

청 반바지. 모래 때문에 색이 바래 보이는 검은 슬리퍼. 튀어나온 길쭉한 발가락. 이리리는 아까 이삭이 '아닌데'하고 답했던 걸 떠올렸다. 그럴 수도 있겠다. 처음으로 그런 생각이 들었다. 날카로운 눈매랑 곱슬머리를 보면 쟤는 꼭… 자기보단 남을 괴롭힐 것처럼 생겼지.

그러나 자기 앞까지 다가와 그저 가만히 서 있는 이삭을 보니, 이리리는 고개를 저을 수밖에 없었다. 옆에 나란히 앉거나 눈을 마주치지도 않고… 우두커니 서 있기만 하는 것도 재주지. 싫은 티도 못 내고 남의 말이라면 뭐든 다 들어주면서, 아니긴 뭐가 아니야. 옆으로 비켜 앉고서 빈자리를 가리키며 앉아, 하고 말했다. 이삭은 그제야 자리에 앉았다.

"뭐야? 쟤가 사장이야?"

이리리가 턱으로 천막을 가리키며 물었다. 3학년이 휴대폰을 가로로 들고 고개를 숙이고 있었다. 게임 하네, 중얼거리는 이리리에게 이삭이 쉿, 하고 경고했다. 거리가 있어서 천막까지 들리지도 않을 텐데.

"누군데, 쟤. 3학년 맞지?"

이삭은 고개를 끄덕였다. 귓바퀴가 붉어졌는데 그게 노을 때문인지 다른 이유 때문인지 이리리는 분간할 수 없었다.

"여기 천막들 자릿세 걷는 아저씨 있어. 그 아저씨 조카."

"자릿세? 깡패야?"

이삭은 한 번 더 쉿, 하고 주변을 살폈다.

"그럼 쟤는 자기 삼촌 일 돕는 거고. 너는 뭐야? 알바?"

이삭의 눈꺼풀이 느리게 감겼다 뜨였다. 조금 더 시간이 지난 후에야 고개를 끄덕였다. 이리리는 약간의 답답함을 느꼈다. 이삭과 마주하면 자기 계획을 조금 더 자세하게 말하려고 했다. 설득하려고 했다. 이삭도 이야기를 다 들으면 결국 승낙할 거라고 생각했다. 그러나 이삭의 반응을 보니 계획의 반도 이야기하지 못한 채 밤이 될 것 같았다.

"나도 알바 꽂아 줘."

이리리는 준비한 말들 중 핵심만을 뽑아냈다.

"아까는 같이 죽자며."

하지만 이삭은 원점으로 돌아갔다. 아이씨, 하고 이리리는 약하게 짜증을 내고 잠시 숨을 골랐다. 짭짤한 바닷바람이 몸속을 가득 채웠다.

"죽기 전에 해야 하는 게 있어. 그래서 돈이 좀 필요해. 원래는 너도 같이 죽겠다고 하면 얘기가 쉬워질 것 같았는데……. 아니라며. 그럼 나 돈 좀 벌자. 남는 자리 없어?"

다다다 쏟아 내는 말 사이사이로 들이킨 바람이 그대로 나왔다. 이삭은 아까처럼 허, 하며 바다를 바라봤다. 눈이 부시는지 인상을 약하게 찌푸렸다. 이리리는 그 옆얼굴을 초조한 마음으로 바라 봤다. 이삭이 어떤 아이인지 전혀 알지 못했다. 같은 반이 되어 친구들에게 작년 이야기를 듣기 전까지는 눈에 띄지도 않았다. 마지막이라는 심정으로 저지른, 같이 죽자는 말은 도박이었다. 이삭이 학교에 말할 수도 있었고 소문이 돌 수도 있었다.

"왜……. 아니, 뭘 할 건데?"

그래, 이래서였어. 왜 죽을 거냐고 묻는 게 아니라 뭘 할 거냐고 묻는 걸 봐. 너는 꼭 그럴 것 같았어. 그래서 너를 믿어 보겠다고 생각했어. 이리리는 벤치에 발뒤꿈치를 올리곤 무릎을 두 팔로 껴안았다.

"금고를 살 거야. 비싸고 무거운 거. 웬만한 걸론 안 열리는."

"알바해서 못 살 것 같은데."

"그건 네가 신경 쓸 필요 없고."

"안에는 뭘 넣을 건데?"

이리리는 쉽게 입을 열지 못했다. 이삭을 믿지 못해서가 아니었다. 오히려 이 애는 멍청할 만큼 내 말을 귀 기울여 듣고 있어. 이리리는 비밀, 하고 대꾸하곤 웃는 낯으로 표정을 바꿨다.

"같이 죽겠다고 하면 알려 줄게."

이삭은 망설이는 듯 여기저기로 눈을 굴리다가 고개를 끄덕였다.

"알바 자리는 알아볼게. 근데……."

16

근데? 하고 이리리가 말꼬리를 붙들었다. 대답은 쉽게 돌아오지 않았다. 이리리는 잠시 기다렸다. 죽지는 마? 허튼짓하지 마? 그런 말을 하려는 건가? 이삭의 침묵은 더 오래 이어졌다.

"힘들다고 도망가지는 마."

이리리가 웃음을 터뜨렸다. 웃음이 사그라들 때쯤 이삭에게 손을 내밀었다. 이삭은 그 손을 낯설다는 듯 바라보다가 맞잡았다. 느리고 어색한 악수였다. 이삭은 웃지 않았다. 이리리는 일부러 손을 힘주어 잡고 흔들었다.

"안 도망가."

그게 이삭과 이리리의 제대로 된 첫 만남이었다.

*

이삭은 언제나 이 집의 거실이 지나치게 크다고 생각했다. 사실 큰 집도 아니었다. 천장 벽지가 곰팡이에 먹혀 가는 낡고 낮은 집이지만, 그러나. 그럼에도. 주저앉은 소파가 있고 늘 높은 음량을 유지하는 텔레비전이 있었다. 그 옆에는 성모상과 화병, 묵주, 성수, 아기 예수 성화로 화려하게 꾸며져 있었다. 작은 초에 붙은 작은 불이 일렁였다.

반쯤 열린 문 뒤로 모로 누운 할머니의 등이 보였다. 그 미친 노인네, 그 나이 처먹고도 머리를 줄줄 길러서 둘둘 말아 묶는 미친 예수쟁이 노인네. 이삭은 사람들이 했던 말을 떠올렸다. 회색에서 은백색이 되어 가는 긴 머리가 검은 머리 그물망 속에 웅크리고 들어 있었다. 조금 굽은 등. 집에 한 대뿐인 선풍기는 거실에 있었다. 이삭은 조용히 문을 열고, 선풍기를 안으로 들였다. 미풍으로 틀고 할머니의 발 쪽에 바람이 가도록 했다. 오래된 선풍기는 시끄럽게 덜덜거렸고 불투명한 창문으로 어스름한 저녁빛이 들어왔다.

이삭은 살아 있는 티도 내지 않으려는 사람처럼 조용히 냉장고를 열었다. 김치와 멸치볶음, 무엇인지 알 수 없는 장아찌들을 밥과 함께 비볐다. 싱크대에 기댄 채로 조용히 그것을 씹었다. 따로 차려 먹을 수도 있었지만 이삭은 그런 것에 익숙하지 않았다. 어릴 때부터 할머니는 반찬과 밥, 혹은 밥과 국을 한 그릇에 담아 주었다. 성당 유치원에 다니기 시작했던 여섯 살에 알았다. 아, 사람에게는 숟가락과 젓가락이 동시에 필요하구나. 여러 가지 그릇이 필요하구나. 너무 배부르면, 못 먹겠으면 남겨도 되는구나. 그런데 못 먹겠는 건 뭐지? 식사 전 기도와 식사 후 기도를 하는 것만이 할머니의 밥상과 유치원 밥상의 공통점이었다. 처음에는 갈팡질팡했지만 이내 익숙해졌다. 어려서 좋은 점은 무엇에든 금방 익숙해지는 점이라고, 이삭은 아홉 살쯤에 생각했다. 언젠가 본당

신부가 성경 수업 중에 이삭에게 좋아하는 음식을 물은 적이 있었다. 이삭은 곰곰이 생각하더니 유치원 밥이라고 말했다. 천천히 먹어도 된다는 것이 그 이유였다. 그 이야기는 돌고 돌아 할머니의 귀에 들어갔다. 이후로 밖에서 집안 이야기를 하는 것, 어떤 것이 좋고 싫은지 티 내는 것, 낯선 것을 낯설다고 말하는 것, 아는 것 혹은 모르는 것을 말하는 것은 금지되었다.

이삭은 물을 한 모금 마시곤 조용히 컵을 내려놨다. 개수대에 그릇과 숟가락을 담근 뒤 자신의 방으로 들어갔다. 이어폰을 끼고 얇은 여름 이불 위에 누웠다. 씻지 못한 몸에서는 끈적끈적한 땀이 배어 나왔다. 다 털고 들어왔다고 생각한 모래가 여기저기서 흘러나왔다. 그러나 할머니가 잠든 시간에 샤워를 할 순 없었다. 워낙에 잠귀가 밝아 이삭이 조금이라도 뒤척이는 날이면 물건이 날아왔다. 분이 풀리지 않으면 어디서 났는지 모를 힘으로 이삭의 등짝을 후려갈겼다. 팔뚝과 옆구리를 꼬집었다. 시 끄 러 워 서 살 수 가 없 어 ! 이삭은 자다가 벼락처럼 일어나곤 했다. 시끄러워요? 살 수가 없어요? 되묻고 싶었지만 꾹 참아야 했다. 이삭에게는 할머니뿐이었다. 처음이었고 유일했다. 자신을 먹여 주고 입혀 주고 재워 주고 키워 준 할머니는 기도할 때와 잠들었을 때만 행복하다고 했다. 기도할 때도 꿈에서도 천주님을 만난다고 했다. 이삭은 벽에 매달린 성화를 바라봤다. 합판 위에 프린트된 그림 부분은 습기 때문에 가장자리가 일어나 있었다. 그림 속 아기 예수는 성모 마리아의 품에 안겨 있었다. 그 그림을 볼 때마다 외롭다는 생각을 했다. 이삭은 눈을 감았다. 외로운 건 뭘까? 언제부터 그런 걸 알았지?

아마도 태어났을 때부터. 이삭은 기억하지 못하는 어린 시절을 할머니를 통해 알게 됐다. 네 엄마는 네 아빠의 세 번째 마누라였어. 아주 젊고 맹랑해 보였지. 마음에 안 들었어. 그런데 네 아빠가 어디 내 말을 듣니? 데려왔을 때는 이미 배가 볼록했지. 누가 봐도 임산부였어. 깡마르고 키가 멀대 같이 크고. 그래서 배 나온 게 더 잘 보였지. 네 아빠는 사업한다고 쏘다니며 없는 돈까지 날리던 놈이었는데, 네 엄마라고 달랐겠니? 다른 여자였으면 네 아빠를 안 만났겠지. 아니니? 임신한 줄도 몰랐대. 5개월 지나서 처음 병원을 갔는데 어디서도 수술 안 시켜 준다고. 네 아빠가 온갖 약도 먹여 보고 동네 뒷산도 뛰게 했는데 네가 안 떨어진다는 거야. 하느님 보시기에 말도 안 되는 일이지. 얼마 안 가서 네가 나왔는데 네 엄마는 도망쳤다더라. 병원에서 말이야. 독해. 애 낳고 몸 푸는 게 얼마나 힘든데. 그래서 네 아빠가 너를 포대기에 둘둘 말아서 안고 이 집에 온 거 아니겠니. 젖먹이인 너를 업고 다니면서 식당 설거지도 하고 생선 가판대도 했지. 아직도 고양이만 울면 가슴이 철렁해. 네 아빠 키울 때는 안 그랬는데 너는 어쩜 그렇

20

게 징글맞게 울었는지. 살 수가 없었어. 그래도 하느님 성모님 은 총 안에서 네가 무럭무럭 컸지. 어디 아프지도 않고. 울기는 징글 맞게 울면서. 근데 봐라, 너는 네 아빠를 하나도 안 닮았어. 크면 좀 닮을까 했는데 점점 더 안 닮았어. 너는 네 엄마를 닮았지. 팔 다리 길쭉하고 말라깽이인 게. 그리고 이 곱슬머리는… 어디서 왔 을까? 너는 내 십자가다, 이삭아. 너는 내가 지고 가야 하는 십자 가야. 이 세상이 골고다 언덕이고. 내가 너를 이고 지고 피 흘리며 언덕에 올라야 하느님 뵐 낯이 있는 거야. 너는 정말 무거운 십자 가야.

어린 이삭은 알고 있었다. 할머니는 십자가가 없어도 천국에 갈 수 있다면 당장에라도 자신을 가져다 버릴 사람이라는 것을. 다른 십자가가 있었다면 분명 그것을 선택했을 것임을. 할머니가 천국 에 갈 때, 자신은 언덕에 발이 박힌 채로 있어야 한다는 것을. 어 린 이삭은 그게 무서웠다. 무서워서 자다가 오줌을 쌌다. 일하러 가느라 현관을 잠그고 간 할머니를 부르며 운 날도 많았다. 할머 니가 돌아오지 않는 날은 없었다. 언제나 집으로 돌아와서 이삭에 게 밥을 비벼 줬으니 이번에도 그럴 것이라는 걸 알았다. 알면서 도 무서웠다. 외로운 건 두려운 거야. 이삭은 일찍이 그 사실을 알 고 있었다.

휴대폰이 어둠 속에서 빛났다. 이삭은 감은 눈가에 어른거리는 빛 때문에 눈을 떴다. 메시지였다.

✉ (알바한자리있음)

선배였다. 이삭은 메시지를 눌러 보지 못하고 망설였다. 낮에
본 이리리는 밝게 웃었다. 흰 운동화와 흰 양말이 잊히지 않았다.
도저히 이 단체 채팅방에 이리리를 초대할 수 없었다. 그것이 이
삭의 양심이었다. 선배에게 만만하게 보여 여름 방학을 갖다 바친
몇 명, 용돈 벌이를 위해 선배에게 담배를 갖다 바친 몇 명, 그들
을 부리는 깡패 삼촌으로부터 수고비를 받은 깡패 같은 선배. 이
세상에 먹이 사슬이 있다면, 그걸 거스르지 않는 편이 더 오래 사
는 길이라는 걸 이삭은 잘 알고 있었다. 용돈과 나중에 이곳을 떠
날 때 들 비용까지 생각하면 아르바이트는 꼭 해야 하는 것이었
다. 수긍은 빠르게 이뤄졌다. 그러나 이리리는 아니었다. 그 애는
먹이 사슬의 바깥에 있었다. 전혀 다른 종. 그래서 아무것도 모르
는 순진한 얼굴.

✉ (한 명 있는데 번호 보낼까요?)

이삭은 이리리가 싫었다. 아니다. 미웠다. 아니다. 재수 없었

다. 그래, 재수 없었다. 아무것도 모르는 애가 죽느니 마느니 한다
는 것이 재수 없었다. 네가 뭐가 힘든데? 그 물음이 양심을 이겼
다. 선배에게 아까 교환한 이리리의 번호를 알려 주었다. 그리곤
이리리에게 메시지를 보냈다. 곧 연락이 갈 거라는 말에 이리리는

✉ 땡큐

완전 빠름!!

하고 답장을 보냈다. 역시나. 아무것도 모르면서……. 이삭은
이리리가 죽고 싶어 하는 이유가 궁금하지 않았다. 궁금증이 들려
고 하면 순진한 얼굴 때문에 화가 치밀었다. 들어 보나 마나 뻔하
겠지. 그렇게 생각하려 했다. 죽는 거야 네 마음이지만 나까지 끌
어들이지 말라고. 노을 지는 하늘을 봤다. 이삭에게는 사라지고
싶은 이유가 없었다. 이유란 선택할 수 있는 사람의 것이었다. 이
삭에게는 단지 사라지는 길만이 남아 있을 뿐이었다. 자신은 할머
니의 십자가가 아니라는 것을 크면서 자연스럽게 알게 됐다. 할머
니에게 필요한 건 십자가였지 이삭이 아니었다. 이삭이 없었다면
할머니는 다른 무엇이든 짊어지려고 했을 터였다. 설령 그렇지 않
다 해도 상관없음을 알아 버렸다. 그러면… 사라지는 수밖에. 이
집은 이삭이 있을 곳이 아니었다. 그럼 어디로 가야 하나? 그것까

진 알지 못했다. 그냥 이곳에서 사라지는 것. 그것 말곤 어느 것도 상상할 수 없었다.

할머니는 보조금 외에 어느 가톨릭 단체로부터 후원금을 받고 있었다. 매달 할머니의 통장으로 이삭의 몫이 들어갔다. 그걸 알게 된 게 중학교 졸업을 앞두고서였다. 고등학교 입학 후 학교에서 걸려 온 전화를 받고 이삭을 쥐 잡듯 잡으며 할머니는 소리쳤다. 네가 왜 죽고 싶어! 네가 왜! 네가 어떻게 그래! 네가 나한테 어떻게 그래! 네가! 네가! 늙고 주름진 손이 어찌나 힘이 좋던지 이삭의 몸 구석구석에 멍이 졌다. 이삭은 할머니의 머리카락처럼 방구석에 웅크려 누운 채로 아무 대답도 하지 않았다. 왜냐고? 그러게. 왜일까. 혼자 수많은 질문과 대답을 반복했다.

이리리에게 또다시 메시지가 왔다.

✉ (내일부터 출근임)
(맛있는 거 삼 ㅋㅋ)

이삭은 휴대폰 홀드 버튼을 누르고 옆으로 누웠다. 그 움직임에 허술하게 끼워져 있던 이어폰이 툭 떨어졌다. 아무런 소리도 나오지 않고 있었다. 네가 정말 미워. 그 말 역시 아무도 듣지 못했다.

24

2

여름 방학 보충 수업은 열두 시 30분까지였고 이후는 자습 시간이었다. 이리리는 오전에는 학교에서 수업을, 오후에 인근 소도시에서 학원 특강을 들을 거라며 담임을 속였다고 했다. 그 거짓말이 성공하려면 아무도 네가 여기서 일하는지 몰라야 할 텐데? 이삭이 묻자 이리리는 어떻게든 되겠지, 하고 답장했다. 대책 없는 소리. 오히려 들켜 버리는 게 이삭에게 좋을 것 같았다. 이삭은 휴대폰 화면을 확인했다. 이리리가 열두 시 30분에 지금 출발함, 하고 보낸 메시지 알림이 떠 있었다. 시간은 열두 시 45분. 학교에서 해수욕장까지 한 번에 가는 버스를 탔다면 도착할 만한 시간이었다. 모래사장은 점점 더 달궈졌고 바람은 후덥지근했다. 선배가 가져다 놓은 커다란 생수통을 들어 물을 마셔 봤지만 미지근했다. 아무도 안 왔으면. 이삭은 평일 점심의 한적한 바다를 보며 생각했다. 그 '아무'에는 이리리 역시 포함됐다.

"이삭!"

이삭은 느리게 뒤를 돌아봤다. 커다란 백팩을 맨 이리리가 천막 밑으로 들어왔다. 얼굴이 붉게 달아올라 있었고 머리를 높게 묶은 채였다. 오늘도 흰 양말에 흰 운동화였다. 이삭은 얕게 한숨을 쉬고 일어났다. 선배는 이리리의 인수인계를 부탁하듯 떠넘겼다. 이삭이 옆 천막으로 옮겨 가자 이리리도 그 뒤를 따라왔다.

"돈통."

이삭은 주머니에서 열쇠를 꺼내 돈통을 열었다.

"시재는 퇴근할 때. 부족하면 주급에서 까. 안에 종이랑 펜 있으니까 거기에 적어 놔."

이리리의 손에 열쇠가 놓였다. 이삭은 슬러시 기계 작동법, 음료를 채우는 법, 아이스크림을 스쿱으로 퍼서 콘에 안전하게 올리는 법을 이리리에게 알려 줬다. 알려 주는 내내 눈은 마주치지 않았다. 이리리가 집중해서 자신의 말을 듣고 있다는 걸 알았기에 더욱 그랬다. 이리리는 이 버튼은 뭐야? 아이스크림이 너무 딱딱한데? 하며 이것저것 질문했다.

"너 알바 처음이야?"

"어."

26

이삭은 답답함을 느끼며 이리리를 내려다봤다. 실수할까 봐, 일을 망칠까 봐 걱정하는 기색이 없어 보였다. 그럴 만도 하지. 이삭은 혼자 고개를 끄덕이곤 다시 한번 천천히 알아 둬야 할 것들에 대해 말했다. 난 언제부터 일했지? 초등학교 고학년부터 여름이면 해수욕장에서 살았다. 그때는 보수랄 것도 없었다. 일하기 싫은 형들이 일을 떠넘기고 떠넘겨서 이삭에게로 넘어왔다. 중학교에 입학하고 나서는 형들이 하루에 만 원, 어떤 날은 5천 원을 주기도 했다. 그러나 시재가 맞지 않으면 그것도 없었다. 끌려가 맞을 뿐이었다. 중학교 2학년 때 이삭의 키는 176cm로 또래 중에서 큰 편에 속했다. 그해 여름에 제대로 된 보수를 받았다. 그 이후로 쭉. 만만하지만 키가 커서 함부로 할 수는 없는 애, 죽고 싶은 애라고 소문이 난 이후에는 모두가 이삭을 꺼렸다. 마음만 먹으면 누구 하나 죽일 수 있는 애. 이삭은 그렇게 보이는 것도 나쁘지 않다고 생각했다. 선배들은 이삭이 가난하고 조용하고 키가 크고 미친 것 같다는 이유로 돈을 뜯지 않았다. 이삭의 물건을 탐내지도 않았다. 그냥 일손이 필요하면 일을 시켰고 원래 돈에서 조금 떼어먹긴 해도 자기가 다 가로채지는 않았다. 이삭은 선배들이야, 삭아! 했다가 됐다, 가라. 할 때마다 음식물 쓰레기가 된 기분이었다. 배고파서 그제 남긴 밥이 생각날지라도 그걸 먹진 않지. 이삭은 그렇게 돈을 모으고 있었다. 사라지기 위하여.

"이제 알겠어. 땡큐."

이리리는 슬러시 기계와 아이스크림 냉장고 뒤에 놓인 의자에 앉으며 말했다. 이삭이 고개를 으쓱, 올렸다 내리곤 자리로 돌아가려는데 손목이 잡혔다.

"먹어."

이삭의 손에 포일로 감싼 김밥 한 줄이 들어왔다. 이삭이 영문을 모르겠다는 표정을 짓자 이리리는 취직 기념, 하고 웃었다. 허, 하며 실소를 터뜨린 이삭은 어쩐지 마음이 은색 포일처럼 쉽게 뭉개지는 듯한 기분을 느꼈다. 바로 옆에 지붕을 맞댄 천막으로 돌아가는 그 몇 걸음 동안, 김밥은 갓 태어난 작은 생물처럼 이삭의 손에 소중하게 들려 있었다. 자리에 앉아서도 그것을 바라만 보고 먹지 못하자 가까운 곳에서 이리리가 소리쳤다.

"지금 먹어! 날 더워서 다 쉰다."

이리리도 자기 몫의 김밥을 우물거리고 있었다. 이삭은 고개를 작게 끄덕이곤 김밥을 먹기 시작했다. 참치마요네.

"내가 제일 좋아하는 걸로 샀어. 맛없어도 맛있게 먹어."

학교 앞 분식집에서 샀을 김밥의 맛은 평범했다. 이삭은 그동안 여기서 일하며 밥을 제대로 챙긴 적이 없었다는 사실을 문득 깨달았다. 컵라면 정도면 무난했다. 슈퍼에서 산 빵, 어디서 났는지 모를 과자. 횟집에서 급하게 먹었던 백반은 최상급 식사였다. 음료수로 때우는 날도 많았다. 밥은 챙겨서 먹는 거구나. 이삭은 김밥을 꼭꼭 씹었다. 슬쩍 옆을 돌아봤다. 이리리는 어제 벤치에 앉았던 것처럼 무릎을 모으고 앉아 바다를 바라보고 있었다.

"소풍 온 것 같다."

이리리가 이삭을 보며 웃었다. 이삭은 얕은 한숨을 쉬며 바다 쪽으로 고개를 돌렸다. 그리고 웃었다.

이리리는 아이스크림이 엉성하게 담긴 콘을 들고 이삭의 천막으로 갔다. 이어폰을 끼고 있던 이삭이 자리에서 일어났다. 이리리는 멋쩍게 웃으며 아이스크림을 건넸다.

"네가 먹어."

"나 이미 다섯 개는 먹었어."

"나도 세 개 먹었어."

이리리가 이삭처럼 어깨를 으쓱, 올렸다 내렸다. 이삭은 인상을 찡그렸지만 화를 내지 않았다. 아이스크림을 받아서 꼼꼼하게 살펴보곤 이건 괜찮은데? 묻는 표정은 진지해 보였다.

"아, 바닐라랑 딸기가 아니라 초코랑 딸기였대."

이리리가 혀를 빼꼼 내밀며 웃었다. 테이블에 걸터앉자 이삭은 가만히 고개를 저으며 천천히 입술로 아이스크림을 베어 물었다. 슬러시는 레버 조절에 실패해서 몇 번 넘친 것 말고는 순조롭게 팔리고 있었다. 문제는 아이스크림이었다. 이리리는 다른 생각에 빠져서 동그란 모양으로 아이스크림을 쌓을 수 없었다. 초코와 바닐라는 헷갈렸다. 헷갈렸다는 걸 깨닫는 건 늘 손님이 이게 아니라고 말한 이후였다. 이리리에게 초코와 바닐라는 똑같은 것이었다.

바닐라가 더 좋아.

나는 초코.

나는 네가 초코를 좋아하는 만큼 바닐라가 좋아.

나는 그보다 더 초코가 좋아.

이리리는 자신이 좋아했던 맛이 초코였는지 바닐라였는지 기억나지 않았다. 어깨를 맞대고 앉아 각자 큰 통으로 된 아이스크림을 하나씩 껴안고 먹었던 기억. 서로에게 한 입씩 먹여 주며 깔깔댔던 기억. 팔과 팔이 맞닿은 곳에서 피어나던 온기에 대한 기억. 목소리와 눈웃음의 기억이 모든 것을 덮어 버렸다.

"너 공부 잘하지 않아?"

이삭은 먼바다를 보며 중얼거렸다. 이리리가 크게 웃었다. 너는 나를, 먼바다로 걸어가는 나를 여기로 끌고 오는구나.

"공부 잘하지. 왜, 일 못해서 답답해?"

이삭은 정곡을 찔렸다는 듯이 아무 대답도 하지 않았다. 이리리는 그 모습을 보고 더 크게 웃었다. 지금까지 망친 아이스크림은 총 아홉 개. 처음에는 후식으로 먹으라고, 그다음에는 더우니까 먹으라고, 그다음에는… 망친 걸 하도 먹어서 배가 부르니 네가 좀 먹으라고. 그렇게 이삭에게 아이스크림을 먹여 온 이리리였다. 뱃속이 차가웠지만 슬러시 기계와 냉동고에서 나오는 열기 때문에 금세 더워졌다. 이삭이 있는 천막은 그나마 좀 시원했다. 이리리는 테이블 위에 올려져 있는 네모반듯하게 접은 쿠킹 포일을 집어 들었다. 무엇이든 쉽게 구기지 못하는 이삭의 성정이 마음에 들었다. 그래서 이용하고 싶다고 하면 나쁜 걸까. 어차피 죽을 거면서 나쁜지 착한지 신경 쓰는 건 좀 이상한가. 포일을 펼쳐 별 모양으로 접어서 이삭에게 건넸다.

"불가사리?"

"별."

이삭이 고개를 끄덕였다.

"안 받아?"

이삭은 대꾸하지 않고 가만히 별을 받았다. 그 모습을 본 이리리는 어쩐지 울 것 같은 기분이 들었다. 고인 눈물을 들키고 싶지 않아 허리를 숙여 신발과 양말을 벗었다. 따끈한 모래에 발가락을 파묻으니 눈가가 말랐다. 이삭은 이어폰으로 손장난을 하고 있었다. 갈매기가 울었다.

"있잖아."

이리리가 입을 떼자 이삭이 고개를 들었다.

"하복 맞출 때 어떤 기분이었어?"

전에 없던 큰 파도가 쳤다. 그 소리에 이삭과 이리리는 바다를 바라봤다. 그리고 침묵. 이삭은 답이 없었다. 이리리는 이삭이라면 알 것이라고 생각했다. 죽고 싶은 마음으로 몇 년을 더 입을 옷을 사는 기분. 그건 혼날 걸 알면서도 반찬을 남기는 아이의 마음이었다. 이리리는 작년 겨울에 전학을 오며 동복을 맞췄고 올 여름에 하복을 맞췄다. 새 학교가 익숙해지면서부터 여름을 기대했다. 해가 질 무렵에 운동장을 달리면 느껴지는 공기, 폭우가 내리면 하복 위에 걸쳐 입는 카디건의 감촉, 그리고 여름에도 ▨▨이 옆에 있을 거라는 믿음. 그러나 기온이 오를수록 이리리는 더욱 죽고 싶어졌다. 이제 더 더워질 것도 없는 여름이었다. 자신이 하복을 맞출 거라고는 예상하지 못했다. 그러나. 그럼에도. 교복을 맞췄다. 너무 새 옷이라 버리긴 아까울 텐데. 근데 죽은 애 옷을 입고 싶어 하는 애는 없겠지. 그런 생각에 빠져 늦은 밤까지 하복 옷깃을 만지작거리기도 했다. 반소매 셔츠를 입으며 정말 입어 버렸네. 너무 싫다. 아직도 아무것도 못 했어. 중얼거렸다. 그 괴로움은 매일 반복되었다. 이리리는 이삭 역시 이 기분을 느꼈을 거라고 생각했다. 지금 말없이 바닥으로 고개를 떨군 것도 그 때문일 거라고 믿었다. 제발, 제발.

"손님 왔다."

고개를 든 이삭은 턱짓으로 빈 천막 앞을 서성거리는 손님을 가리켰다. 이리리는 자신의 천막으로 뛰어가며 어서 오세요! 외쳤다. 바닐라와 초코를 주문받고 스쿱으로 아이스크림을 뜨며 이삭의 툭 불거진 목뼈를 떠올렸다. 숙인 고개와 튀어나온 뼈. 그 뼈 같은 가시가 네 마음에도 있는 거지. 그래서 하복 같은 거 다 찢겨진 거지. 그래서 대답 못 한 거지. 이리리는 하고픈 질문을 꾹 삼키며 아이스크림을 펐다. 이번 주문은 성공이었다. 젖은 옷 위에 타월을 걸친 손님은 외꺼풀 눈으로 웃으며 감사합니다, 말했다. 이리리는 그 순간, 그 손님을 잡고 모든 것을 말하고 싶어졌다. 그래서 턱에 힘을 꽉 주고 참았다.

*

이리리는 봄이 되기 전까지 해가 지는 시간을 좋아했다. 입추를 지나고 동지를 지나며 해가 짧아지고 길어지는 것을 ███과 함께 볼 수 있다는 것. 이리리는 자신의 집 베란다 창 앞에 나란히 앉아 네 개의 흰 발등 위로 붉은 노을이 어리는 것을 보던 때를 영원히 잊지 못할 거라고, 생각했다. 손을 마주 잡고 키득거리던 나날들. 햇빛이 사라져 거실 불을 켜야 할 때까지 리리야, ███아!

서로의 이름을 부르던 시간들. 이제는 부를 일이 없어진 이름. 이
리리는 울퉁불퉁한 옥상 바닥에 앉아 모은 무릎에 얼굴을 묻었다.
일하고 온 직후라 가슴팍과 목덜미에 땀 냄새가 퍼졌다. 해가 지
고 있어. 이리리는 자신의 등이 식어 가는 것을 느꼈다. 바닥에 놓
은 휴대폰이 진동했다.

✉ (족발 먹을래?)

엄마였다. 이리리는

✉ (막국수 추가)

라고 답장을 보냈다. 엄마와 아빠가 곧 소도시에서 다리를 건너
퇴근할 터였다. 뒷좌석에 막국수를 추가한 족발을 두고서 이런 이
야기를 나눌지도 모른다.
　아빠: 리리, 어때 보여?
　엄마: (휴대폰을 보며) 괜찮은 것 같아.
　절대 아니지. 이리리는 자책하듯 인상을 찌푸렸다.
　아빠: 다음 달 세미나 어떡할 거야?
　엄마: 가야지, 뭐.

이게 맞지. 이리리는 한숨을 내뱉었다. 가방과 신발을 뒤집어 모래를 털고 일어섰다. 5층짜리 빌라 옥상은 생각보다 높았다. 이사 오기 전에는 14층에서 살았고 다른 건물의 옥상에 가 볼 일이 없었다. 그래서 그 어떤 건물보다 지금 발 딛고 있는 빌라가 높게만 느껴졌다. 이리리는 난간 쪽으로 걸음을 옮기려다 뒤로 물러섰다. 지금은 안 돼. 해야 할 일이 있어. 옥상에 올라온 수십 일 동안 이리리는 난간 아래를 보지 않기 위해 애써야 했다. 보고 나면 돌이킬 수 없을 것 같았다. 어떤 말도 진심도 남기지 못하고 아무도 탓하지 못하고 끝날 것 같았다. 이리리는 계획을 세우면 지켜야 하는 성격이었고 마음이 일렁일 때마다 커다랗고 무거운 금고를 생각했다.

엘리베이터가 따로 없는 낡은 빌라였다. 계단에 발을 내디딜 때마다 텅, 텅 소리가 울렸다. 이리리는 4층, 표기로는 503호인 집으로 들어갔다. 집 곳곳에 불을 켜고 에어컨을 켰다. 땀에 푹 전 옷과 속옷을 벗은 뒤 욕실로 들어갔다. 씻는 내내 손끝에서 모래 알갱이가 만져졌다. 다 털고 들어와도 소용이 없구나. 다 씻은 후에도 부모가 모래를 발견하고 이상하게 생각할까 봐 욕실 바닥과 수챗구멍을 꼼꼼하게 확인했다.

이리리는 머리를 말리지 않고 식탁 앞에 앉았다. 작은 거실, 안방과 이리리의 방, 작은 서재. 거실 장식장에는 해양 과학의 미래를 책임지는 부부, 같은 헤드라인을 건 기사 스크랩과 표창장이 가득했다. 그중 반은 이리리의 것이었다. 유치원 때부터 지금까지 받은 자잘한 상장들까지 모두 모아 둔 엄마의 극성을 ███은 정성이라고 말하곤 했다. 이리리는 에어컨 바람의 냉기에 잠시 어깨를 움츠렸다. 베란다에는 몇 개의 화분이 있었다. 아빠가 한때 열성적으로 가꾸던 것들이지만 이곳으로 이사 오며 죽어 가고 있었다. 그럼에도 죽은 가지를 잘라 내거나 화분을 버리지 않아 베란다는 더 삭막해 보였다.

거실 벽에 붙은 시계는 일곱 시를 가리키고 있었다. 곧 온다. 곧. 이리리는 치미는 헛구역질을 눌러 삼켰다. 봄부터 부모와 함께 식사해야 할 때마다 속이 울렁거렸다. 살이 빠졌고 부모는 걱정했지만 이리리는 이유를 말할 수 없었다. 또 뭐라고 말할 줄 알고? 이리리는 틱틱거리면서도 활발함을 잃지 않은 딸이었다. 부모는 이리리의 영특함과 성실함, 그리고 그 활발함을 자랑스럽게 여겼다. 부모가 따로 봐주지 않아도 알아서 뭐든 잘하기 때문에 걱정이 없다, 내가 애를 너무 쉽게 키운다, 같은 말로 주위의 부러움을 샀다. 하긴 리리 같으면 자식 걱정할 일이 없지. 그렇게 말하는 어른들을 보는 것이 어린 이리리의 뿌듯함이기도 했다. 이리리는 젊고 유능한 부모를 사랑했다. 국가직 연구원으로 일하며 철야와 주말 퇴근을 하는 것도 멋있어 보였다. 함께하는 시간이 적더라도 부모는 센스가 좋았고 이리리에게 필요한 것을 적절할 때에 적절한 것으로 해 주었다. 둘만의 연애 이야기가 있었고 꼭 붙어 찍은 사진이 있었다. 각별히 사이가 좋은 것은 아니었지만 태가 났다. 이리리는 초등학교 학예회에 왔던 부모의 모습을 기억하고 있었다. 관객석에서 나란히 앉아 자신을 사랑스럽게 바라보는 두 얼굴.

도어록이 열리고 부모가 들어왔다. 이리리는 현관으로 마중을 나갔다. 부모의 얼굴은 지쳐 보였고 이리리는 아빠에게서 족발을 받아 들어 상을 차렸다. 엄마가 같이 해, 하고 소매를 걷자

"손 씻고 오세요."

하고 엄마의 등을 떠밀었다.

4인 식탁에 세 명이 앉았다. 텔레비전 대신 틀어 놓은 라디오에서 노래와 사연이 흘러나왔다. 아빠는 쌈장을 좋아하고 엄마는 새우젓을 좋아하지. 쌈 채소는 좋아하지 않아. 그건 나도 똑같아. 나는 족발보다는 막국수를 열심히 먹고. 맛있고 완벽한, 여유로운 식사인데.

"요즘 들어 더 못 먹네?"

엄마가 걱정스러운 얼굴을 하며 젓가락을 내려놓았다. 아빠는 티슈로 입가를 닦으며 이리리를 바라봤다. 이리리는 순간, 숨을 쉴 수 없었다. 낮에 김밥과 아이스크림은 어떻게 먹었지? 모든 말

에 뻣뻣하게 대답하는 이삭에게 장난을 치며, 목마르면 미지근한 생수를 마시며, 이삭의 천막에 있는 아이스박스 속 이온 음료를 몰래 먹을 궁리를 하며. 그 해변에서는 모든 게 맛있었다. 맛이 느껴졌다. 이걸 먹으면 속이 안 좋겠지? 같은 생각은 들지 않았다. 그 모든 게 가능했던 해변은 지금 없다.

"다이어트."

이리리는 이삭을 떠올리며 어깨를 으쓱, 올렸다가 내렸다. 부모는 무슨 다이어트야. 지금도 말랐구만. 예뻐, 예뻐. 일단 먹어. 먹어야 공부도 하고 그러는 거지. 하며 이리리의 접시에 서로 족발을 올려 주었다. 토 나와. 이리리는 그 말을 물과 함께 삼켰다.

겨울에서 봄으로 넘어가던 때였다. 이 식탁이었고 주말 아침이었다. 이리리는 그날 식탁에 올라온 것을 모두 기억하고 있었다. 두부부침과 맵지 않은 김치볶음, 아욱국, 토마토와 파프리카와 치커리로 만든 샐러드, 연근조림, 메추리알장조림. 평일 내내 회사에서 자극적인 것을 먹고 주말에는 속이 편한 음식을 먹는 부모의 취향에 맞춘 것이었다. 이리리에게도 나쁘지 않은 식사였다. 이리리는 연근 하나를 앞니로 잘근잘근 씹다가 말했다.

"나 여자 좋아해."

아빠는 반찬을 집으려던 젓가락을 거뒀고 엄마는 고개를 왼쪽으로 비스듬하게 숙였다. 잠시 생각할 일이 있을 때 나오는 버릇이었다. 침묵이 이어졌다. 이리리는 눈에 힘을 주고 부모를 바라봤다. 금방이라도 울음이 터질 것 같았고 손바닥에 얼굴을 묻고 싶었지만 꾹 참았다. 눈꺼풀이 떨려올 때쯤, 아빠가 이리리의 숟가락 위에 두부부침을 얹어 주었다. 그 행동이 무슨 의미인지 이리리가 파악하려고 하는데 엄마가 입을 열었다.

"아닐걸?"

아빠가 고개를 끄덕였다. 이리리는 할 말을 잃었다. 이리리에게는 너무나 많은 할 말이 있었다. 처음 그렇게 생각하게 된 게 언제인지, 누구 때문인지, 지금 좋아하는 애는 어떤 애인지, 걔가 얼마나 사랑스러운지, 얼마나 나를 사랑해 주는지, 왜 부모에게 말하고 싶었는지……. 부모가 화를 내면 나도 무서워! 근데 이게 나야! 말하고 싶었고, 부모가 말해 줘서 고맙다고 하면 안겨서 울고 싶었다. 그러나 부모는 이리리가 그 어떤 말도 하게 두지 않았다. 다그치지 않고도 가장 확실한 방법으로 이리리의 입을 다물게 했다. 아닐걸? 그 질문은 이리리가 스스로에게 가장 많이 한 질문이었다. 그럴 때마다 아니, 사실 맞아. 그렇게 대답할 수 있었다. 그러나 부모 앞에서는 그럴 수 없었다. 그들은 마치 '내일 눈이 올까?' 하는 질문에 '아닐걸.' 하고 대답한 사람들 같았다. 치커리 먹으니까 삼겹살 생각난다. 안 돼, 금요일에 먹었잖아. 그런 대화를 나누고 있었다. 이리리는 숟가락 위의 두부를 오래도록 꼭꼭 씹었다. 그리고 일주일간 위장염으로 아무것도 먹지 못한 채 위액을 토했다.

"대학 가면 살 빠진다는 거 다 거짓말이래. 지금부터 준비해야지."

아빠가 웃음을 터뜨렸다.

"아, 역시 이리리. 계획적이야. 그래도 건강 챙겨야 돼."

"나 닮았다니까."

부모가 서로의 어깨를 툭툭 밀치며 웃었다. 이리리도 웃었다. 그래, 웃어. 웃어 둬. 아무것도 모르고 웃어. 내가 죽으면 알게 될 테니까 궁금해 하지도 마. 나한테 무슨 짓을 했는지 지금은 모르겠지만. 이리리는 자리에서 일어나며 잘 먹었습니다, 했다.

"날씬한 대학생이 되러 공부하러 갑니다."

방에 들어와 문을 닫은 순간, 이리리는 주저앉았다. 그대로 바닥에 먹은 걸 토하고 싶었다. 올라오는 구역질을 참자 눈물이 고였다. 이건 슬퍼서 나오는 눈물이 아니야. 슬프지 않나? 정말? 이 집에서 나는 아무것도 아닌데. 아닐걸? 말하면 아닌가 봐, 하고 넘어가야 하는데. 내가 했던 고민도 말도, 내가 느낀 슬픔도 괴로움도 외로움도 없는 게 됐는데.

██.

이리리는 나지막이 그 이름을 불렀다. 이름을 부르는 순간 살아야 할까? 하는 생각이 떠올랐다. 이리리의 눈에 책상 위의 처음

보는 책이 들어왔다. 그 순간 모든 게 무너졌다.

진실된 나를 찾다 ─전환 치료 성공담

웃음이 나왔다. 아마 엄마가 몰래 가져다 놓은 것이리라. 이리리는 책등이 보이지 않게 뒤집어 책장 맨 아래 칸에 그것을 꽂았다. 바로 옆에 어릴 때 읽었던 책 한 권이 보였다. 《백 년 동안 숨바꼭질》. 지금은 세상에 없는 고모가 선물했던 책이었다. 고모는 이리리를 꼭 리, 한 글자로만 불렀다. 어린 이리리는 그럴 때마다 아주 다른 사람이 된 것 같은 기분이 들었다. 동화 치고는 두꺼워서 몇 주간 조금씩 나눠 읽었던 기억이 떠올랐다. 꺼내어 보니 표지도 종이도 노랗게 바래 있었다. 두 소년이 각각 표지의 양 끝을 향해 뛰어가는 삽화를 손으로 쓸어 보았다. 뒷면에서는 둘이 마주 보고 웃고 있었다. 아, 그래. 얘네 둘이 숨바꼭질을 하다가 한 명이 사라지는 그런 이야기였지. 이리리는 책을 가방 깊숙이 넣었다. 이 집, 이 방, 이 책장, 저 책 옆에 소중한 기억을 두고 싶지 않았다. 사람을 외롭게 하고 미치게 하는 이 공기를 마시는 건 자신 하나로 족했다. 이리리는 문득 고모가 보고 싶어졌다. 리야! 말 끝을 반음 올려서 부르는 바람에 이리리의 이름은 노래처럼 들리기도 했다.

고모, 나 좀 데려가요.

가방 지퍼를 닫으며 이리리가 작게 속삭였다.

3

오늘도 이리리는 김밥을 사 왔다. 며칠째 참치김밥이었지만 이삭은 불평하지 않았다. 누군가 공짜로 밥을 준다는 것. 챙겨 줄 의무가 없음에도 잊지 않고 자신의 몫을 잊지 않는다는 것은 이삭에게 낯선 일이었다. 동시에 불편한 일이기도 했다. 이리리가 자신에게 무엇을 바랄지 가늠할 수 없었다. 갑자기 이자까지 쳐서 받으려고 하면? 이삭은 평소처럼 일하는 척, 이어폰을 귀에 꽂고 관심이 없는 척하며 이리리를 흘긋거렸다. 이리리는 이제 일이 손에 익었는지 아이스크림도 잘 담았고 슬러시 기계도 잘 다뤘다. 무엇보다 생글생글 웃는 얼굴로 손님들을 대해서 다른 사람이 일할 때보다 손님이 몰렸다. 이삭은 말이 안 된다고 생각했다. 저렇게 웃을 수 있다고? 누구에게든? 이리리는 이삭에게 장난을 걸었지만 그럴 때마다 피하는 건 이삭이었다. 이삭은 친근함을 표시하는 장난이라는 것에 익숙하지 않았다.

이삭에게도 친구가 있었다. 주로 혼자였지만 중학교 2학년 때 친해진 친구들과 고등학교에 올라갈 때까지 가깝게 지냈다. 매일 몰려다니며 축구를 하거나 PC방에 다녔던 것은 아니었다. 쉬는 시간, 점심시간, 체육 시간, 하교 시간에 만나 다른 아이들에게 이상해 보이지 않도록 모여 있었다. 혼자 있는 건 이상한 일이었다. 그게 편하다 할지라도 편하다는 걸 들켜서는 안 되었다. 급식실에서 혼자 앉는 사람은 없다. 쉬는 시간은 10분이기 때문에 어떻게든 넘어갈 수 있다. 그러나 급식실은 다르다. 그날 메뉴에 대해 말해야 한다. 수업과 예능 프로그램에 대해 말해야 한다. 사실은 어떤 주제이든 괜찮다. 급식실은 먹는 모습보다 사람과 이야기 나누는 걸 보여 주어야 하는 곳이다. 급식실을 나오면 다른 문제가 찾아온다. 양치질, 축구, 산책, 수다, 도서실…… 혼자 엎드려서 자는 것에는 한계가 있다. 눈길이 오간다. 같은 학년뿐 아니라 다른 학년의 눈, 선생님들의 눈. 그 눈에 잘못 걸리면 피곤해진다. 이삭과 친구들은 모여서 각자의 이야기를 한다. 그러다 비슷한 부분을 찾는다. 가까워진다. 혼자 있지 못해서 모인 아이들은 친구가 된다. 거기서도 이삭은 조금 다르다. 좋아하는 것도 하고 싶은 것도 바라는 것도 없다. 그러나 이삭은 잘 듣는 애. 무슨 말에든 고개를 끄덕이는 애. 모나지 않은 애. 키가 커서 함부로 대할 수 없는 애. 그래서 함께 있으면 선배들이 괴롭히지 않는 애. 동시에 말이 없어서 재미없는 애. 무슨 생각을 하는지 모르겠는 애. 할머니랑 둘이 사는 애. 그 할머니가 미쳤다는 소문이 도는 애. 이삭은 눈치채고 있었다. 그렇다고 무리에서 나갈 수는 없었다. 이삭은 그때까지만 해도 모두에게 평범해 보이고 싶었다. 눈에 거슬리고 싶지 않았다. 친구들도 특별히 이삭과 멀어지고 싶어 하지는 않았다. 그랬던 관계가 고등학교에 올라오며 깨졌다. 미친 할머니 때문에 미친 애. 이삭은 자신에게 다가오지 않는, 자신이 다가가면 어쩔 줄 몰라 하는 그 아이들을 이해했다. 그래, 너희도 살아남고 싶은 거지.

이리리는 죽고 싶기 때문에 다른 건가? 이삭은 고개를 저었다. 분명 결정적인 순간에 살고 싶다며 나를 놓고 말걸. 분명히.

"야."

이리리가 다가왔다. 여전히 장난기가 가득한 표정이었다. 이삭은 이어폰을 빼고 고개를 들어 서 있는 이리리를 올려다봤다. 하얀 피부의 이리리는 오늘도 머리를 높게 묶고 있었다. 검고 숱 많은 머리칼. 어제와 다른 티셔츠.

"김밥 맛있어?"

이삭은 고개를 끄덕였다. 오늘도 흰 운동화. 첫날처럼 새하얀.

"뭐가 맛있어. 맨날 똑같은 거 먹으면서."

이삭에게 그런 건 아무런 문제가 되지 않았다. 며칠을 같은 음식을 먹든, 그 음식이 얼마나 맛이 없든. 이삭은 그런 자신이 비참하게 느껴지지 않았다. 자랑스럽게 느껴지지도 않았다. 무중력 같은 것이었다. 이삭은 과학 시간에 중력에 대해 배우며 살면서 느껴 본 적 없는 힘 같다고 생각했다. 지구에 태어나서 사는 동안 모두가 똑같겠지만……. 사람들이 미쳤다고 말하는 할머니도 자신을 끌어당기지는 못했다. 완벽하게 끌어당겼다면 떠나고 싶다는 생각을 하지 못했을 것이다. 이리리는 이삭으로 하여금 중력을 느끼게 했다. 허공을 떠도는 이삭의 발목을 휙 낚아채 땅에 발붙이게 하고 이렇게 묻는 것 같았다. '너 지금 그게 정상이야?'

"…김밥 좋아해."

이리리는 잠깐 이삭과 눈을 마주치며 고민에 빠진 눈을 했다. 그러더니 아, 하고 무언가 깨달았다는 듯 이삭의 어깨를 두드렸다. 그 순간, 이삭은 이리리가 눈치챈 게 무엇이든 이 상황에서 벗어나고만 싶었다.

"내가 일부러 너한테 장난 좀 치려고 맨날 참치김밥을 사 왔는데 말이야. 넌 불평 한마디를 안 하더라고."

"……."

"부끄러운 거지? 투정 부린다고 생각할까 봐."

"뭐?"

"내가 장난칠 상대를 잘못 골랐네. 앞으로는 부끄러워하지 말고 뭐든 다 말해. 다 들어줄게. 내일은 참치김밥 말고 멸치김밥으로 사 올 건데, 괜찮아?"

"…괜찮아."

오케이? 하고 다시 한번 되묻는 이리리를 보며 이삭은 검지와 엄지를 둥글게 붙여 오케이 사인을 만들었다. 이리리가 크게 웃었다. 이삭은 고개를 숙였다. 얼굴부터 목뒤까지 뜨거워졌다. 부끄러움. 그래, 이건 부끄러움이었다. 이리리가 자신을 샅샅이 뒤져 밑바닥까지 보고 경멸할 거라고 생각했다. 이미 그랬을지도 몰랐다. 무엇을 발견했든 이리리는 이삭을 숫기 없는 애, 정도로만 보고 있다는 듯이 말했다. 그것이 배려인지 정말 거기까지만 본 것인지 알 수 없었지만…….

이리리는 자기 가방을 들고 이삭 앞에 섰다. 이삭은 고개를 들어 싱글싱글 웃고 있는 얼굴을 보다 이내 고개를 숙였다. 테이블 위에 무언가 놓였다. 낡아 보이는 책이었다.《백 년 동안 숨바꼭질》. 등을 돌린 두 소년이 표지 위에 있었다.

"며칠 일해 보니까 알겠던데."

이리리는 손끝으로 제목이 있는 부분을 톡톡 두드렸다.

"여긴 와이파이도 안 되고 심심할 것 같더라고. 너 맨날 이어폰

끼고 있는 것도 그래서 아냐?"

이삭은 반듯하고 윤이 나는 이리리의 손톱을 바라보다가 책으로 손을 뻗었다. 심심해서 이어폰을 끼고 있는 걸로 보인다면 다행이었다. 이삭이 바라는 거였다. 어딘가에 정신을 팔고 있는, 혼자 분주한 사람으로 보이길 바랐다. 그런데 책이라니. 딱 봐도 동화책 같았다.

"빌려주는 거야! 주는 거 아니고. 잘 읽고 돌려줘."

이리리는 대답도 듣지 않고 자기 천막으로 돌아갔다.

이삭은 기분이 나빴다. 이 기분을 '나쁘다'는 말 외에 다르게 표현할 방법을 찾지 못했다. 이리리처럼 정확하게 말하고 싶어 머리를 굴리다가 포기했다. 이삭의 기분을 명확하게 알고 싶어 하는 사람은 아무도 없었다. 실제로 어떤 기분이고 어떤 마음인지, 어떤 생각을 하든지 사람들은 그저 뭉뚱그려 받아들이기만 했다. 이삭은 어릴 때부터 자신이 자세한 마음을 가질 필요가 없다는 것을 알았다. 자신에 대해 웬만하면 생각하지 않았다. 그리고 모든 게 깔끔한, 중력 공식처럼 반박할 수 없는 이리리의 태도. 그건 늘 이삭의 기분을 나쁘게 했다. 그렇다고 정말 기분 상하는 내가 제일 싫어.

"이삭, 끝나고 시장 가자! 나 화장솜 사야 돼!"

이리리는 어느새 오렌지 맛 슬러시를 마시며 의자를 앞으로 뒤로 뒤뚱뒤뚱 움직이고 있었다. 이삭은 대답하지 않았다. 표지 속 두 소년이 마음에 들지 않아 책을 뒤집어 놨다. 이제 소년들은 마주 보고 있었다. 신경질이 난 이삭이 앞머리를 털었다. 너만 보면, 네가 있으면. 이삭은 고개를 숙였다. 대답은 하지 않았다. 비참해진다는 마음을 너는 알까? 그런 질문을 하며 더욱 비참해졌다.

이리리는 이 섬에서는 번화가를 '시장'이라고 부른다는 사실이 신기했다. 막상 가 보면 번화가도 시장도 아니었다. 작은 점포들이 붙어 있고 시외버스가 드나드는 터미널, 은행, 병원 등이 있다는 이유로 그곳의 이름은 시장이었다. 이리리가 사는 곳은 시장에서 걸어서 20분 거리였고 학교는 10분 거리였다. 이리리는 이 섬에 이사 와서 시장을 중심으로 지냈다. 더 먼 곳은 나가 본 적이 없었다. 아르바이트하는 해수욕장도 시장과 가까운 곳이었다. 이리리는 비포장도로를 지나 포장도로로 들어서며 심하게 덜컹이는 버스 때문에 창문에 머리를 찧었다. 옆자리에 앉은 이삭은 못 본 것인지, 못 본 척하는 것인지 아무 반응이 없었다. 이리리는 왼쪽 머리를 손으로 문지르며 창밖만 바라봤다.

시장에 가는 건 오랜만이었다. 겨울까지만 해도 친구들과 분식집에 가고 천원마트를 구경하고 노래방에 갔다. 겨울의 끝물에 ▨▨과 이리리는 헤어졌다. 그 이후로 친구들과도 사이가 멀어

48

졌다. 이리리가 손을 잡거나 팔짱을 끼면 어색하게 웃었다. 그리
곤 티 나지 않게 몸을 비틀어 이리리와 거리를 두었다. 아무도 정
확하게 말해 주지 않았다. 그래서 이리리가 물어봤다. 나한테 섭
섭한 거 있어? 없어. 나한테 화난 거 있어? 없어. 내가 뭐 잘못했
어? 아니. 그 애들은 모두 █████에게는 꼭 붙어 있었다. 떨어져 나
온 건 이리리였다. 이유를 끝끝내 몰랐으면 좋았을까?

　이제 와서 그게 무슨 소용이야.

　이리리는 창문에 머리를 박았다. 옆의 이삭이 그제야 자신을 보
는 게 느껴졌다. 오늘 하루 종일 흘긋거리더니. 모르는 줄 아나.
이삭의 뻣뻣한 태도에 웃음이 났다. 다른 곳에 앉으려던 이삭을
옆에 앉혔지만 시장에 간다는 사실에 마음이 심란해서 말도 걸지
않았다. 이삭이 먼저 말을 걸 리는 없었다. 알고 있었다. 매일 참
치김밥을 먹으면서 불평 한마디, 장난 한번 하지 못하는 애가 뭘
어쩌겠어. 자신을 살피는 듯한 조심스러움에 이리리의 마음이 누
그러졌다.

　"너 매운 거 잘 먹어?"

　이삭은 앞만 본 채로 아니, 하고 대답했다.

　"그래 보여."

　이삭이 이리리를 빤히 바라봤다. 할 말이 없다는 표정이었다.
이리리는 즐겁게 웃었다. 오랜만에 친구와 노는 기분이었다. 화장

솜은 핑계였다. 생활용품은 부모가 직장 근처 큰 마트에서 한 번에 대용량으로 사 왔다. 떨어질 일이 없었다. 이리리는 이삭과 이야기 하고 싶었다. 편해지고 싶었다. 자기 이야기를 털어놓고 싶었다. 이삭이 고개를 끄덕여 주길 바랐다. 이삭 단 한 사람이라도 알아 준다면… 조금은 괜찮을 것 같았다. 죽지 않을 만큼은 아니어도.

버스가 종점에서 멈췄다. 거기가 시장이었다. 버스에서 내리자 뜨거운 여름 공기가 이리리와 이삭을 감쌌다. 온도차 때문에 이리 리가 어깨를 떨었다. 이삭은 여전히 구부정한 자세로 슬리퍼를 직 직 끌며 먼저 천원마트 쪽으로 걸어갔다.

"같이 가!"

이리리가 큰 소리로 부르자 이삭은 걸음을 멈춘 채 앞만 보고 있었다. 손을 내밀거나 돌아보지 않아도 좋았다. 이리리에게 이삭 은 존재만으로 자신을 이해하는 사람이었다. 둘은 천원마트로 나 란히 걸어갔다. 주로 이리리가 말을 했고 이삭은 고개를 끄덕이거 나 질문에만 답했다. 이리리는 생각했다. 너처럼 모두가 들어 준 다면, 그냥 고개만 끄덕여 준다면 얼마나 좋을까.

천원마트 안 역시 냉기로 가득했다. 이리리는 화장품과 화장 소 품이 있는 코너로 가지 않고 인형, 문구, 그릇을 둘러봤다. 이삭은 그 뒤를 쫓아왔다. 어, 이거 귀엽다. 하고 이리리가 인형을 집어 들면 이삭도 고개를 내밀고 인형을 쳐다봤다. 모양새가 비뚤어지거나 못생긴 캐릭터가 그려진 제품을 보고 이리리가 키득키득 웃으면, 이삭은 알아채기 힘들 만큼 희미한 미소를 지었다. 이리리는 이상한 뿌듯함을 느꼈다. 이삭에게 너도 재밌지? 묻고 싶어서 입가가 움찔거렸다.

"어, 리리다."

리리는 만지작거리던 마스킹 테이프를 내려놓고 고개를 돌렸다. 친구들이었다. 거기에는 ███도 있었다. 남자애들 몇도 함께였다. 리리는 날카로워지려는 표정을 풀며 하이, 하고 손을 흔들었다.

"리리야, 학원 벌써 끝났어?"

"아, 아니. 오늘은 못 갔어."

"너네 학원은 선행 학습한다며. 2학기 진도 나가고 있어?"

"아, 응. 2학기 진도."

이리리는 리듬 게임을 하다 박자를 놓친 사람처럼 버벅거렸다. 잠시 눈을 감고 얕게 호흡을 골랐다. 침착하자. 지금 중요한 건 ███가 아니다. 학교와 부모에게 거짓말한 것을 들키지 않는 것이다. 들켜도 상관없지만 지금은 아니다. ███이 남자애 하나와 장난과 설렘이 가득 찬 눈으로 서로를 바라보는 것이 눈에 들어왔다. 이리리는 그 눈빛을 알고 있었다. 손을 잡고 이마를 맞댈 때, 입을 맞출 때 자신에게 쏟아지던 눈빛이었다.

"나, 가 봐야 해서."

이리리는 성급하게 손을 흔들고 천원마트를 나왔다. 리듬 게임 중에 단 한 박자도 제대로 맞추지 못해서 전주 부분에서 게임이 끝난 기분이었다. 남자애가 ▨▨의 머리를 쓰다듬는 걸 봐서 마음이 더욱 안 좋았다. 누군가 가슴 부근을 꽉 쥐어서 구겨 버린 것만 같았다. 이리리는 빠른 걸음으로 코너를 돌았다. 고개는 숙이지 않았다. 조금만 신경을 덜 쓰면 툭, 꺾여 버릴 것 같았기 때문에 목과 어깨에 힘을 주고 걸었다. 안 돼, 안 돼. …아, 이삭. 다시 돌아가야 하나. 그 커다랗고 숫기 없는 애가, 죽고 싶은 애가 거기서 당황했을 게 당연한데. 이리리는 몸을 돌리려고 했지만 ▨▨이 웃는 얼굴이 떠올라 쉽게 움직이지 못했다. 뒤꿈치를 끌며 걷는 발소리가 들렸다. 느릿하지만 착실한 걸음걸이. 이삭이었다.

이삭은 천원마트 가격표가 붙은 슬리퍼를 들고 있었다. 베이지색이었다.

"너, 언제……."

이삭은 말없이 이리리의 앞까지 다가갔다. 그리곤 쭈그려 앉아 이리리의 발 옆에 슬리퍼를 내려놨다. 이리리의 발보다 훨씬 큰 사이즈였다.

"운동화 말고 이거 신고 와. 모래 때문에 신발 더러워져."

결국 이리리의 고개가 툭 꺾였다. 이삭은 슬리퍼를 이리리의 품에 안겨 주었다. 슬리퍼를 꼭 끌어안은 채로, 이리리는 가만히 서 있었다.

"김밥 값."

이리리의 등이 천천히, 점점 더 격하게 들썩였다. 왜 울음이 터졌는지 이리리는 알지 못했다. 슬리퍼가 뭐라고. 김밥 사다 주는 게 뭐라고. 훌쩍이며 말이 터져 나왔다. 있잖아, 아까 걔네 봤지. 내 친구들. 아니, 친구들이었던 애들. 거기에 나랑 사귀었던 애가 있어. 걔랑 나랑 작년부터 사귀었단 말이야. 헤어진 지 얼마 안 됐단 말이야. 내가 진짜, 진짜 걔를 좋아했어. 진짜. 많이. 같이 대학도 가고 같이 스무 살도 되고 그러고 싶었거든? 근데 헤어졌어. 근데 걔는 벌써 다른 애랑 사귀는 것 같아. 나 너무 힘들어. 학교 가는 게 지옥이었어. 진짜 너무 힘들어. 말도 안 되게 힘들어.

이삭은 말이 없었다. 그냥 골목 앞을 지키고 서 있었다. 덕분에 누구도 이리리를 보지 못했다. 이리리는 그 사실에 마음 놓고 울었다. 이런 말은 오로지 이삭에게만 할 수 있었다.

*

집으로 가는 논길 옆에는 이삭의 허벅지까지 자란 강아지풀과 돼지풀, 이름 모르는 풀들이 가득했다. 억세고 **빳빳**한 잎사귀가 반바지 아래로 드러난 맨살을 스쳤다. 그럴 때마다 이삭은 푸른 잎을 발로 짓이기며 앞으로 나아갔다. 밟히지 않는 억센 풀은 이리리가 떠넘긴 책으로 쳐내며 걸었다. 눈이 새빨갛게 충혈되고 눈물에 땀에 얼굴이 부은 이리리는 천원마트로 돌아가 2천 원짜리 선글라스를 사서 꼈다. 커다랗고 네모나고 검은 렌즈에 이리리의 얼굴 절반이 가려졌다. 그 상태로 잘 어울려? 묻는 모습에 이삭은 속에서 무언가가 치밀었다.

강아지풀의 솜털 같은 머리가 납작해질 때까지 짓이기던 이삭은 우뚝 멈춰 섰다. 뒤를 돌아보면 자신이 걸어온 길이 보였다. 앞에 보이는 길과 마찬가지로 풀이 웃자랐고 그 옆으로 넓은 논이 펼쳐져 있었다. 아무도 자신을 보지 못해서 다행이라고 생각했다. 이삭은 깨달았다. 기분이 나쁜 건, 이리리가 재수 없는 건, 부러워서였구나. 이 섬에서 무언가를 사랑할 수 있다는 게, 그럴 수 있는 사람이라는 게 미치도록 부러웠구나. 이름에 이치가 두 개 들어가는 것도 멀쩡한 부모가 멀쩡하게 키우는 것도 해변에 흰 양말과 흰 운동화를 신고 올 수 있는 것도 아닌, 이 섬이 이리리에게 아무런 영향을 끼치지 않는다는 사실이 미치도록 부러웠구나.

이삭은 길가에 놓인 오래되어 삭고 빛바랜 나무 평상에 걸터앉았다. 바로 옆의 아름드리나무가 뜨거운 일몰의 햇빛을 막아 주고 있었다. 맞은편에 있던 집은 오래전에 헐렸고 지금은 작은 텃밭으로 쓰이고 있었다. 사라진 집에 살았던 아줌마가 자신을 데려갔으면 좋겠다고, 여덟 살 무렵의 이삭은 기도하곤 했다. 그때는 아빠가 곧잘 집에 오던 시기였다. 와서 길게는 이틀 정도 묵었고 보통은 반나절이면 떠났다. 어느 날은 승용차를 또 다른 어느 날은 다인승 승합차를 끌고 왔고 자주 터덜거리는 걸음으로, 이 길을 지나 집에 왔다. 아빠가 집에 와서 제일 먼저 하는 일은 할머니와 싸우는 것이었다. 이삭을 안아 주거나 뽀뽀를 퍼붓는 일은 없었다. 눈이 마주쳐도 너 지금 몇 살이냐? 물을 뿐이다. 이삭은 대답하는 대신 손가락을 펼쳐 자신의 나이를 아빠에게 알려 주었다. 지난달에도 물어봤는데. 그런 생각은 입 밖으로 내지 않았다. 아빠는 고개를 끄덕이며 벌써? 하고 대꾸할 뿐이었다.

할머니와 아빠는 이삭이 보기에는 똑 닮은 사람들이었다. 싸우기 시작하면 두세 시간은 기본이었다. 목이 아프지도 않은지 둘은 소리를 질러 가며 삿대질을 하고, 발을 굴렀다. 시작은 돈 얘기였고 그 다음은 내가 너를 어떻게 키웠는데, 나를 좀 잘 키우지 그랬느냐로 이어져 이삭에게 불똥이 튀기 마련이었다.

그렇게 잘났으면 네 새끼 데려가서 네가 키워라.

아, 엄마!

너 때문에 휜 등골이 저놈 새끼 때문에 아주 부스러지게 생겼다. 네가 싼 똥도 못 치우면서 무슨 사업을 한다고 무슨 낯짝으로 돈을 뜯어 가려고 와?

그쯤 되면 이삭은 슬리퍼를 끌고 이 길목으로 나왔다. 멀찍이 떨어진 가로등 불빛을 향해 걷다가 이 평상에 앉아 있으면 아줌마가 개 짖는 소리에 나와 이삭을 발견했다. 아줌마는 작은 돌멩이 다섯 개를 찾아와 이삭에게 공기놀이를 알려 주었다. 여름엔 모기향을 옆에 놔 주었고 겨울엔 그 집 아저씨 외투를 가져와 이삭을 따뜻하게 감싸 주었다. 감자, 옥수수, 고구마, 귤, 뻥튀기, 초코파이 같은 것을 주기도 했다. 아줌마에게는 두 아들이 있었고 타지에서 대학에 다니고 있다고 했다. 이삭은 아줌마가 손등에 얹은 돌을 위로 던졌다가 잽싸게 잡아채는 모습을 좋아했다. 모기 물린 자리에 손톱으로 십자가 자국을 내 주는 것도 좋아했다. 그것이 좋아서 아빠가 오지 않은 날에도 가끔 저녁에 몰래 나오기도 했다. 아줌마는 이삭이 열 살이 되던 해에 암으로 죽었다. 아저씨는 그 집에서 혼자 몇 년 더 살다가 바다에 빠져 죽었다. 사람들은 아줌마가 귀신이 되어 아저씨를 잡아간 거라고 했다. 이삭의 할머니는 이삭이 잘못할 때마다 그 집에 가둬 버리겠다고 겁을 주었다. 그럼 아줌마 아저씨 귀신이 너도 잡아갈 거라고, 묵주 팔찌를 차고 말했다. 이삭은 눈을 동그랗게 뜬 채로 바닥만 보았다. 괜찮을 것 같아. 아줌마 귀신이라면 나를 좋아해 줄 거야. 아줌마 귀신이랑 공기놀이를 할 수 있을 거야.

평상에 앉으면 땅에 발이 닿지 않던 이삭은, 이제 무릎을 굽혀 앉아야만 했다. 그렇게 자라면서 깨달은 것 중 하나는 아줌마는 절대 이삭을 집 안으로 들이지 않았다는 것이었다. 이유는 알 수 없었다. 미친 노인네랑 엮이기 싫었겠지. 이삭은 혼자 고개를 끄덕이는 것으로 아줌마를 이해했다. 이삭은 냉이꽃을 뜯어 자신의 손바닥을 간지럽혔다. 바람이 불 때마다 푸른 벼가 일렁였다. 비 오는 날 저 논둑을 걷다가 미끄러졌었지. 그때 할머니는 더럽다며 빗물에 진흙이 씻겨 나갈 때까지 들어오지 말라고 그랬는데. 저기 있는 버스 정류장에서는 아빠가 나를 앞에 세워 놓고 담배를 피웠어. 할머니가 돈을 숨겨 놓는 데를 아느냐고 다그쳤어. 바보인가. 할머니는 돈을 다 은행에 숨겨 두는데. 저 언덕에 앉아서 자전거 타는 형들을 바라봤는데 형들이 내 쪽으로 자전거를 몰고 와서 박아 버린다고 했었지. 이삭은 평상에서 일어나 집을 향해 느리게 걷기 시작했다.

…아무것도 사랑할 수 없어. 그러니까 사라져야만 해.

이 섬 어디에도 이삭이 머물 이유가 될 만한 것은 없었다. 그게 이상했던 적은 없었다. 이리리는 온몸으로 그건 이상한 거라고 이삭에게 말하고 있었다. 그게 이삭에게 쫓겨난다는 느낌이 들게 했다. 그게 그거라고 이삭은 생각했지만, 고집스러운 이리리의 눈동자 속의 자신은 떠돌이 개처럼 보였다. 이리리는 죽을 이유가 없었다. 부모도, 선생도, 학교 애들도, 돈도, 진로도 이리리에게 부족한 것은 없었다. 이삭은 그래서 이리리가 싫었다. 죽을 이유가 고작 좋아하는 남자애 때문이라니. 그게 죽을 일이라니. 넌 참, 좋겠다. 책을 든 손이 유독 무겁게 느껴졌다. 가능하다면 팔을 분리해 논에 버리고 싶었다. 하고 싶지만 할 수 없는 것들이, 늘 이삭의 곁을 맴돌았다.

이삭의 발 앞으로 송충이 한 마리가 지나가고 있었다. 이삭은 무릎을 들어 송충이를 향해 발을 내리꽂으려다 멈췄다. 이삭을 지나 풀숲으로 들어가는 꽁무니를 보고 나서야 이삭은 앞으로 나아갔다. 집에 가야 했다. 생각하지 않아야 했다. 사라져야 했다. 그때까지 이리리를 참아 보기로 했다. 이삭에게 참는 것쯤은 아무 문제도 아니었다.

4

　이삭과 이리리는 점심을 먹고 먹구름이 스멀스멀 밀려오는 지평선을 바라보며 앉아 있었다. 바람은 점점 거칠어져 이리리의 올려 묶은 머리카락을 여기저기로 휘날리게 했다. 심상치 않은 바람이다. 이삭은 해변에 닿아 부서지는 파도를 말없이 바라봤다. 몇몇 천막은 누군가 이미 접어서 끈으로 동여맨 상태였다. 이리리는 머리카락이 눈을 자꾸 찔러서 괴롭다고 칭얼거렸다. 이삭은 매대에 놓인 밀짚모자를 건넸다. 이리리는 모자 안에 머리칼을 말아 넣고 줄을 잡아당겨 바람에 날아가지 않게 했다. 이상한 날이야. 이삭은 신경이 곤두서는 것을 느꼈다. 바람결이 습기 때문에 무거웠다. 어깨에 힘을 주고 주먹을 휘두르는 것만 같은 바람이었다. 이삭은 휴대폰을 들어 선배에게 메시지를 보냈다.

선배에게 답장이 오지 않았다. 이삭은 가만히 채팅창을 내려다봤지만 읽지 않음은 읽음으로 바뀌지 않았다. 후, 내뱉은 긴 한숨이 금세 바람에 휩쓸렸다. 이리리는 자기 천막의 의자를 끌고 와 이삭 옆에 앉았다.

"어떻게 이렇게 사람이 없냐."

이리리의 티셔츠 앞자락에는 며칠 전에 산 2천 원짜리 선글라스가 걸려 있었다. 이삭은 검은 렌즈에 비친 자신을 슬쩍 보곤 다시 앞만 바라봤다. 지난 며칠간 이리리는 시간만 되면 자신의 이야기를 이삭에게 하려 했다. 날이 무척이나 더웠고 손님들은 물, 아이스크림, 슬러시, 휴대용 선풍기, 밀짚모자를 사기 위해 천막으로 몰렸다. 이리리는 이삭과 가깝게 앉아 속삭였다. 걔랑 처음 마주친 건 과학실 앞에서였어. 전 시간에 과학실 책상 서랍에 립밤을 두고 온 것 같은 거야. 여기는 바닷바람이 불어서 그런지 입술이 엄청 트더라. 근데 문이 잠긴 거야. 그래서 막, 문을 열려고 덜컹거리니까 걔가 자물쇠 부서진다고,

"아이스크림 얼마예요?"

"손님."

이삭은 턱짓으로 냉장고 앞에 선 손님을 가리켰다. 이리리는 말

을 멈추고 아이스크림을 퍼 주고 돈을 거슬러 준 후에 다시 이야기를 시작했다. 그래서 걔가 문을 열어 줬는데 립밤이 없는 거야. 그거 좀 비싼 거였거든. 전학 오기 전에 선물 받은 건데, 하여튼. 같이 찾아봐 주겠다고 그러더라. 그래서 점심시간에 교실, 복도, 화장실 다 뒤졌는데 없었어. 나중에 보니까 내가 필통 안에 넣어 놓고 못 봤던 거야. 걔한테 고맙고 미안해서 석식 시간에 편의점,

"얼음물은 없어요?"

"잠시만요."

그러면 이삭은 아이스박스를 열어 반쯤 녹은 얼음물을 꺼내 왔다. 이리리는 값을 치를 때까지 입을 꾹 다물고 있다가 이삭이 오면 다시 입을 열었다.

"꽝꽝 언 건 없어요?"

저만치 멀어지던 손님이 다시 돌아왔다. 이삭은 이리리를 돌아보지 않고 물을 바꿔 주며 안녕히 가세요, 인사까지 했다. 이쯤 되면 심술이 나서라도 입을 다물겠지. 그러나 이리리는 그러지 않았다. 이삭은 이어폰을 귀에 꽂고 싶었다. 피곤했다. 아무 소리도 들리지 않는 곳에서 깊은 잠을 자고 일어나고 싶었다. 별거 아닌 이유로 죽고 싶은, 아니. 죽고 싶다는 말을 여기저기 나불거리려는 이리리가 없는 곳. 이삭은 천막이 날아갈까 걱정되면서도 파도와 바람이 내는 소리에 마음이 편안해졌다. 이리리가 무어라 말하는

소리가 얼핏 들렸지만 이삭은 눈을 감았다. 노아의 방주를 떠올렸다. 홍수로 인해 지구는 정말 물과 바다만 남았고 그 위에는 방주한 척만이 떠 있었다. 내가 노아였다면 아무도 태우지 않았을 거야. 그게 신의 뜻을 거역하는 일이라고 해도. 방주에 동물들을 채우면 먹이도 주고 건강도 신경 써 줘야 하니까. 비바람 소리를 들으면서 침수되기 전에 갈 수 없었던 곳까지 가야지. 물이 마르고 땅이 드러나면 아무 곳에나 방주를 세우고 아무렇게나……. 휴대폰이 허벅지 위에서 진동했다. 선배의 답장이었다. 컨테이너에 물건을 넣어 두고 천막을 정리한 후 집에 가라는 말이 쓰여 있었다.

"철수하래."

이리리가 벌떡 일어나자 가벼운 플라스틱 의자가 바람에 뒤로 넘어갔다.

"바람 대박이다."

그렇게 말하는 눈에 모험심과 호기심, 들뜬 마음이 깃들어 있는 것을 이삭은 보았다. 이삭은 방풍림 뒤에 있는 컨테이너에서 수레두 개를 끌고 왔다. 매대를 정리해 물건들은 이리리가 옮기도록했다. 이리리는 이삭의 테이블에 있던 《백 년 동안 숨바꼭질》부터 챙겨 가방에 넣었다. 이삭은 그 모습을 보지 않으려 고개를 돌렸다. 테이블, 의자, 제빙기, 냉동고, 발전기 같은 무거운 것들을 옮기는 것에 집중했다.

"같이 옮겨!"

슬러시 기계를 수레에 올려놓는데 이리리가 달려와 무작정 손잡이를 잡아끌었다. 기계가 이리리의 생각보다 훨씬 무거운 바람에 수레는 방향을 잃고 모래사장에 처박혔다. 기계가 앞으로 기울어지는 순간, 이삭은 다리를 뻗어 무릎과 정강이로 그것을 막아냈다. 쿵, 하는 소리가 들리자 이리리는 놀라서 한 발짝 떨어졌다.

"아이스박스에 물 빼 줘."

이삭은 왼쪽 다리에 퍼지는 얼얼함에도 인상을 찌푸리지 않았다. 일하다 보면 이런 일은 자주 있었다. 한참을 불 위에 있던 매운탕 냄비에 데이기도 했고 날카롭게 깨진 조개껍데기에 손이 베이기도 했다. 이런 건 다치는 것도 아니었고 아픈 것도 아니었다. 아무것도 아니었다. 이삭은 기계를 바로 올리고 처박힌 수레를 능숙하게 빼냈다. 흘긋 돌아본 곳에서 이리리는 천막 자리에 아이스박스를 엎어 놓고 물을 빼고 있었다. 멍청이. 이삭은 낮게 중얼거렸다. 신발 다 버린다.

기물을 컨테이너로 모두 옮기고 나니 빗방울이 떨어지기 시작했다. 이삭은 천막을 묶을 때 쓰는 벨트를 입에 물고 익숙하다는 듯이 움직였다. 넓게 그늘막을 만들어 주던 지붕이 사라지자, 벨트에 묶인 천막은 마치 앙상하게 죽은 나무 같았다. 빗방울은 점점 굵어졌고 빠르게 쏟아졌다.

"가!"

"어?"

"매점으로 가라고!"

빗물이 얼굴을 때리자 이삭은 눈도 제대로 뜨지 못하고 매점 쪽을 손가락으로 가리켰다.

"아직 다 안 했잖아!"

"먼저 가라고!"

"같이 가야지!"

지평선에서 멀지 않은 곳에 번개가 내리꽂히며 번쩍였다. 이삭과 이리리는 놀라서 뒤를 돌아봤다. 함께 비를 맞고 서 있는 이리리의 얼굴에는 고집이 가득했다. 이삭은 이를 꽉 물고 나머지 천막도 꽁꽁 묶어 둔 후 매점을 향해 뛰었다. 하늘에서는 천둥이 울리고 번개로 세상이 밝아졌다가 어두워지기를 반복했다. 샤워실 옆에 마련된 컨테이너로 된 매점으로 뛰어 들어가자 주인아줌마가 놀라서 수건을 들고 나왔다. 이삭은 젖은 머리칼을 털며 고개를 숙였다. 이리리의 베이지색 슬리퍼부터 무릎까지 전부 흙탕물 투성이였다. 멍청이. 멍청이. 멍청이. 이삭은 화가 치밀었다. 그 이유는 알 수 없었다.

컨테이너에 드릴로 못 박아 만든 슬레이트 지붕이 무서운 소리를 냈다. 이삭과 이리리는 플라스틱 테이블 앞에 앉아 멍하니 밖을 바라봤다. 조금만 더 늑장을 부렸으면 저 비를 다 맞았겠지. 이삭은 수건으로 머리를 덮어 이리리가 짜증이 가득한 자기 얼굴을 보지 못하게 했다.

"오늘 장사는 글렀네."

아줌마가 테이블 위에 닭강정과 핫도그, 떡볶이, 옥수수를 내려놨다.

"고맙습니다!"

이리리는 아줌마에게 환하게 웃어 보였다. 이삭은 말없이 고개를 꾸벅 숙이며 일어났다. 한철 장사로 먹고사는 사람들에게 날씨는 하루, 이틀, 일주일 넘게까지의 수입을 정하는 요소였다. 아줌마가 간식거리를 내준 것도 지금 내리는 저 비가 소나기가 아니라는 것을 알고 있기 때문이었다. 그래서 이삭은 머스터드 한 줄, 케첩 한 줄을 핫도그에 뿌려 즐겁다는 듯이 먹고 있는 이리리를 보고 싶지 않았다. 먹을 것은 넘치게 많았지만 컵라면 두 개와 콜라 두 개, 과자 한 봉지를 계산했다. 그것을 들고 오는 이삭을 향해 이리리는 역시나 아무것도 모르는 눈빛이었다.

"배 많이 고파?"

"삭아, 아줌마 방에 잠깐 눕는다. 가기 전에 깨워 주고 가."

이삭은 다시 한번 고개를 꾸벅여 인사했다. 이리리는 매대 뒤편, 가벽으로 나눈 방에 아줌마가 있기 때문인지 더는 '그 애' 이야기를 하지 않았다. 다만 종아리와 발목을 새빨간 줄이 남을 정도로 긁으며 열심히 먹을 뿐이었다. 핫도그 한 입, 떡볶이 한 입, 컵라면 한 입, 콜라 한 입.

"라면은 바깥에서 먹는 게 역시 제일 맛있다."

이리리가 키득거렸다. 이삭은 따로 대꾸하지 않았다. 먹는 데에 열중한 이리리가 다시 입을 열게 하고 싶지 않았기 때문이다. 그러나 음식물을 씹는 소리와 살갗을 긁어대는 소리가 너무 컸다. 너무 커서 빗소리까지 다 덮어 버렸다. 이삭의 귀를, 아이스크림콘 끝부분처럼 꾹꾹 누르며 가득 채웠다. 얼마 먹지 못하고 다시 일어선 이삭이 생수병을 들고서 이리리에게 일어나라고 손짓했다. 이리리는 영문을 모른 채 입에 핫바를 물고 순순히 일어섰다.

"다리, 바깥으로 뻗어 봐."

이리리는 우물거리며 다리 한쪽을 뻗었다. 얼마나 긁어댔는지 피가 어린 부분이 언뜻언뜻 보였다. 이삭은 이리리의 다리에 생수를 부어 모래와 염분기를 닦아 주었다.

"반대쪽."

다른 쪽 다리까지 전부 씻어 주곤 자기 목에 걸쳐 둔 수건을 건넸다.

"오, 이삭."

이리리는 의자에 앉아 물기를 닦아 내며 이삭의 팔뚝을 툭, 쳤다.

"너 되게 다정하다."

컨테이너 안에 울리는 그 말이 정말이지 덧없다고, 이삭은 생각했다. 그냥 됐으면 넌 나를 더 귀찮게 했겠지. 다리가 가렵네 어쩌네……. 아무것도 모르니까 웃을 수 있지. 웃고 나면 나머진 웃지 못하는 사람들이 다 해야 하는 건데. 그런 말을 닭강정과 함께 묵묵히 씹어 넘겼다.

"키도 크고 다정하고. 너 인기 많지 않아?"

이리리의 말에 이삭의 젓가락질이 뚝 멈췄다. 싫다. 명확한 마음이었다. 비가 내리면 천막을 어떻게 해야 하는지 아는 것만큼 빠른 속도로 명확한 감정이 떠올랐다. 이삭은 살면서 싫다는 감정을 처음 느낀 것만 같았다. 그래, 같이 죽지 않겠느냐고 묻길래 처음엔 그만한 사정이 있을 거라 생각했어. 웃고 장난치는 걸 보면서도 내가 모르는 십자가가 있을 거라고 생각했고. 이유가 고작 남자애 때문이란 걸 알았을 때도 그럴 수 있지 않을까, 마음을 돌려 보려고 했는데. 내가 사라지고 싶은, 혹은 죽고 싶은 애라는 걸 알면서도 그런 말이 나오는구나.

"책은 재밌어?"

이리리는 떡볶이를 우물거리며 가방에서 책을 꺼냈다. 이삭은 작게 한숨을 내쉬었다. 대체 저 책이 뭐라고. 책을 받지 않고 남은 생수를 들이켰다.

"넌 그렇게 눈치가 없는데 어떻게 여기 애랑 사귀었냐."

이삭의 얼굴은 처음 보는 사람처럼 낯설었다. 이삭이 입에서 나올 것 같지 않은 말이었다. 그럴 만한 때였나? 이삭의 눈을 바라보며 좀 전의 일들을 찬찬히 되새겨 봤다. 흐린 하늘과 거센 파도가 치는 바다를 보던 야생 동물 같던 이삭. 숙련된 솜씨로 천막을 접고 물건을 옮기던 이삭. 다리를 생수로 씻어 주던 이삭. 어디서 무엇이 잘못됐는지 되짚어 봐도 걸리는 것은 없었다.

"무슨 말이야?"

궁금증을 참지 못하고 물었지만 이삭은 묵묵히 굳어 가는 닭강정을 씹을 뿐이었다. 이리리는 아직 물기가 축축한 다리를 내려다봤다. 자신이 남긴 붉고 긴 손톱자국이 발목부터 무릎까지 나 있었다. 이삭은 이리리가 모르는 것을 알려 주는 사람이었다. 그건 선생이나 부모님, 명언 같은 것과는 비교할 수 없었다. 해변을 드나들 때는 흰색은 금물이라는 것, 아이스크림을 흘리지 않게 쌓는 법, 슬러시 양을 조절하는 법, 해변 끄트머리에 깊지 않은 동굴이 있다는 것, 이 섬을 돌아다니는 마을버스의 시간표, 학교 소각장 뒤에 피는 관상용 양귀비와 누군가 거기 몰래 금붕어가 사는 어항을 숨겨 두었다는 것……. 이 섬에 마음 붙일 건 ▨▨뿐인 줄 알았던 이리리에게 이삭은 자신만이 아는 섬의 조각들을 보여 주는 사람이었다. 그럴 때마다 이리리는 부모에게서 들은 자신의 아주 어릴 적 이야기를 떠올렸다. 처음 바다에 가서 한 걸음 걷고 조개껍데기를 줍고, 또 한 걸음 걷고 조개껍데기를 주웠다는 이야기.

주인아줌마의 코 고는 소리가 들려왔다. 이리리가 고개를 숙이고 있는 동안 이삭은 아무 말도 하지 않았다. 그저 열심히 먹을 뿐이었다. 방금까지 입맛이 돌았던 이리리는 이 테이블 위의 모든 것이 소꿉장난 냄비에 담은 모래처럼 느껴졌다.

"이삭."

이삭은 대답하지 않았다. 이리리는 조금 더 숨을 죽이고 이삭의 반응을 기다렸다. 이삭은 처음부터 이리리 없이 혼자 앉아 있었던 것처럼 음식을 먹어 치우고 있었다.

"내가 물었잖아. 무슨 말이냐고."

바람이 요란하게 불었다. 슬레이트 지붕이 뜯겨 나갈 것처럼 위아래로 팔랑거렸다. 이삭에게 한 이야기들. ▨을 만나서 기쁘고, 행복했다가 ▨이 사라져 버렸다는, 그로 인해 이제 자기를 이해해 주거나 사랑해 주는 사람은 남지 않았다는 이야기. 그 텅 빈 마음과 빈 마음을 품고 살아가는 징그러운 감촉에 대한 이야기. 이삭은 묵묵히 들어 주는 사람이었다. 고개를 약간 숙이고 모래사장으로 시선을 던지며, 종종 이리리의 어깨너머를 보며 귀를 기울였다. 손님이 오고 일이 생길 때에도 다 마치고 올 때까지 그 자리에서 기다려 줬다. 아무것도 성급하게 묻지 않았다. ▨

이 누구인지는 물론, 언제부터 여자를 좋아한다고 생각했는지, 그런 시시껄렁한 호기심을 채우려 들지도 않았다. 그저 가만히 이리리가 말할 때까지 기다리고 채근하지 않았다. 이리리는 거기서 다정함을 느꼈다. 텅 빈 마음이 쉽게 깨지지 않게 에어캡을 둘러 주는 사람이었다. 그게 이삭이었다. 그러나 지금의 고요함은 다정하지 않았다. 이삭에게서 전혀 느껴 보지 못한 온도였다. 이리리를 당황하게 하고, 초조하게 하려는 의도가 느껴졌다. 이리리는 이삭 쪽으로 몸을 돌려 앉았다.

"대체 왜 죽고 싶어?"

이삭, 하고 부르려던 입이 막혔다. 드디어 이삭과 눈이 마주쳤다. 이리리는 느꼈다. 이삭의 마음 역시 텅 비어 있었다. 햇빛 아래에서 갈색으로 보이는 눈동자가 이리리를 바라봤다. 왜? 왜냐고? 맨 처음에도 묻지 않았던 것을 이삭은 이제야 묻고 있었다. 이리리의 이야기를 듣고 이리리가 우는 것까지 봤음에도. 이리리는 이삭이 그 질문에 자신이 다칠 것을 알고 있다고 확신했다. 더해서 이삭이 왜 자신에게 상처 주고 싶어 하는지 이해할 수 없었다. 이리리가 믿을 수 없다는 듯 느리게 고개를 저었다.

"…넌 다 알잖아."

"사귀던 애랑 헤어져서 죽고 싶어? 꼭 죽어야만 해?"

"응, 그래야만 해."

이삭은 이해할 수 없다는 듯 낮은 천장을 올려다봤다. 가늘고 긴 한숨이 뿜어져 나오는 소리에 이리리는 소름이 돋았다. 문득 이곳이 춥게 느껴졌다.

"진짜 궁금해서 물어보는 거야?"

"사실 이해가 안 가. 근데 넌 내가 이해하는지 어떤지 별로 안 궁금하지?"

이해할 수 없다는 말을 이해할 수 없었다. 이리리는 무엇이든 말하고 싶어 입술을 뻐끔거렸지만 아무 말도 나오지 않았다. 집에서 하는 식사는 괴롭고 소화도 되지 않는데, 급식실에서 ▨이 너무 잘 보여서 뭘 먹었는지도 모르겠는데, 이 해변에서는 마음이 편했다. 이삭은 군말 없이 김밥을 먹었다. 그 옆에서 바다를 보며 먹으면 소풍을 온 것 같았다. 찐 옥수수에서 바다의 짠맛이 강하게 나도 맛있었다. 너랑 있으면 내가 살 수 있어. 그런 말은 나오지 않았다. 이해하는지 궁금하지도 않냐니. 그건 물어보지 않아도 알 수 있잖아. 네 눈을 보면… 이리리는 순간 깨달았다. 그동안 이삭은 자신을 제대로 바라보지 않았다. 이리리가 먼저 부르거나 무슨 일이 있지 않은 이상, 이삭은 먼바다 혹은 바로 밑의 바닥만 바라봤다. 이삭은 아무것도 묻지 않았다. 모든 걸 이해하기 때문에 그런 거라고 생각했지만, 결국 아무것도 궁금하지 않았던 것이다. 자신에 대한 이야기도 하지 않았다. 이리리가 묻지도 않았다. '죽고 싶은 애'라는 게 이삭을 전부 설명한다고 생각했기 때문이다. 말하지 않는 건 이삭의 선택이라고 생각했다. 이리리는 말하고 싶었다. 나 그렇게 나쁜 애 아니야. 입을 여는 대신 책을 무릎 위로 올려놨다. 이리리의 손바닥 아래에서 두 소년은 마주 보고 웃고 있었다.

이삭은 이리리가 남긴 것을 모조리 먹었다. 콜라를 들이켜고 남은 생수도 마셨다. 테이블 위에는 쓰레기만 남았다. 이리리의 대답을 원한 게 아니라는 듯, 이삭은 능숙하게 뒷정리를 했다. 아줌마의 코골이가 다시금 크게 들려왔다. 빗줄기가 잠시 약해졌다. 이리리는 쉽게 움직일 수 없었다. 뭘 하든, 어느 방향으로 몸을 틀든 이삭의 비웃음이 따라붙을 것 같았다. 아무것도 없는 텅 빈 눈은 이리리를 봐도 이리리를 본 게 아닐 것이다. 이리리는 문득 무서워졌다. 이삭이 설령 자신을 이해하지 못했더라도, 오해하고 있더라도, 이삭만이 이리리의 슬픔을 알았다. 안다는 건 가끔 이해가 필요 없는 일이기도 했다. 그것만으로도 숨을 쉴 수 있을 만큼 사람은 연약하다는 걸, 이리리는 깨달았다.

"아줌마 저희 갈게요."

이삭이 카운터 뒤쪽에 대고 외쳤다. 잠에서 갓 깨어난 신음소리가 들리고, 아줌마는 우산을 가져가라고 말했다. 이삭은 감사합니다! 외치곤 이리리에게 비닐우산을 쥐여 줬다. 우산을 들고 나가려는 이삭을 이리리가 잡았다.

"이삭!"

이삭의 시선이 자신의 손목을 붙잡은 이리리의 손을 향해 움직였다.

"내가 다 설명할게. 너한테 말 못 한 게 있어."

이리리는 자신도 모르게 고개를 숙였다. 이삭이 이리리의 손을 떼어 내려 어깨를 움직였다. 그 힘에 이리리 무릎 위에 있던 책이 바닥으로 툭 떨어졌다. 이삭은 문 바깥으로 우산을 펼치며 돌아보지 않고 말했다.

"심심하면 다른 걸 해."

이삭이 떠나고, 퀴퀴하고 눅눅한 컨테이너 안에서 이리리는 숨을 쉬었다. 주인아줌마는 다시 잠든 듯 코 고는 소리가 들렸다. 빗줄기가 다시 강해졌다. 이리리는 한 발도 뗄 수 없었다. 무서웠다. 붙박여 있는 것 역시 무서웠다. 그러나 달리 할 수 있는 게 없었다. 어디를 가든, 도로 위를 달리는 차를 피해 건너편으로 건너야 하는, ▧이 좋아하던 게임을 하는 것처럼, 위태로웠다. 온 세상을 피하고 싶다고 이리리는 생각했다.

*

한 번 젖었다가 마른 머리카락은 부스스했다. 질끈 묶은 탓에 두피가 당겨 두통 같은 것이 느껴졌다. 이리리는 당장에 머리를 풀고 싶었지만, 머리끈 자국이 남은 산발 머리로 집까지 갈 수는 없었다. 옷에서는 더 이상 섬유 유연제가 향기가 나지 않았다. 옷감에 닿는 몸 곳곳이 간지러웠다. 오직 베이지색 슬리퍼만이 편안했다. 때가 타지도 않았고 물에 젖었다 말랐어도 불편한 게 없었다.

이리리는 도서관에 들어서며 우산을 접어 바닥에 내던졌다. 1층 열람실에 여기 있다는 듯 꾸며 놓은 책과 필통을 챙겨 000번대 서가로 향했다. 토요일, 비가 쏟아지는 오후, 작은 섬의 도서관에는 한 명의 사서와 한 명의 이리리 외에는 아무도 없었다. 그러나 조심해야 했다. 사람이 없고 작은 곳일수록 말은 빠르게 퍼져 나갔다. 이리리는 언젠가 배운 소리의 특성에 대해 생각했다. 음파는 퍼져 나가다 물체에 부딪쳐 다른 곳으로 뻗어 가기도 한다. 가방을 꽉 껴안고 서가 제일 구석에 웅크려 앉았다. 이곳은 과 이리리의 비밀 장소였다. 학교는 위험했고 이리리의 집에 갈 수 없을 때, 그러나 가까이 붙어 있고 싶을 때, 둘은 이곳에서 만났다. 각자 책을 한 권씩 빼들고 구경하는 척하다가 000번 서가로 왔다. 뺨과 눈썹, 콧방울과 입매, 어깨와 등, 골반뼈와 허벅지를 만지며 서로를 더 세세하게 알아 갔다. 한 번도 누군가에게 들킨 적은 없었다. 이리리는 그렇게 믿고 싶어 했다. ███은 이리리에게 사랑한다고 말하면서도 주변을 살폈다.

다시 빗줄기가 거칠어지며 벽면에 난 창을 두드렸다. 이삭의 눈과 이삭의 말이 이리리의 머릿속을 떠돌아다녔다. 이리리는 가방을 안은 팔에 힘을 주었다. 안에 든 문제집과 《백 년 동안 숨바꼭질》의 단단함이 팔뚝을 찔렀다. 이리리가 할 수 있는 포옹은 지금, 그것뿐이었다. 다른 백 명의 이해보다 이삭 하나의 이해가 이리리를 웃을 수 있게 해 주었다. ███과의 나날이 끝났을 때, 그전보다 훨씬 세상이 어두워졌던 것과 같은 원리였다. 이리리는 자신을 향한 이삭의 미움이 끝나지 않을 것만 같았다. 그 미움이 너무 길어서 자신이 삶을 포기하는 게 빠를 것 같았다. 아무도 찾지 않는 책들이 꽂힌 서가에 혼자 있을 때 느낀 기분처럼, 자신이 아무도 찾지 않는 책 중 한 권이 된 것만 같았다. 그래, 차라리 아무도 찾지 않았으면.

아니, 다시 찾아 줬으면.

이리리는 휴대폰을 꺼내 연락처를 뒤졌다. 이삭을 알아야 했다. 이삭을 알고, 이삭을 이해해야 했다. 그러고 나서 이삭에게 너를 안다고, 이해한다고 말해야 했다. 그럼 이삭은 감동받아 말을 잃을 것이다. 텅 빈 눈에 마음이 가득 차 일렁일 것이다. 이리리가 자기를 알아줬다는 사실에 감동할 것이다. 이리리는 노을빛을 받으며 해변에 서 있던 이삭을 떠올렸다. 갈색 곱슬머리가 불꽃처럼 보이던, 유일한 친구이자 공범 같았던 그 애.

여러 명에게 메시지를 보냈고 가장 먼저 답장이 온 건 그나마 이리리와 친분이 있으면서도 ▓▓의 말 때문에 이리리를 적극적으로 피하지는 않는 아이였다. 이리리는 이삭에 대해 물었다.

그 애는 이삭에 대해 이야기하기 시작했다. 이삭의 생각이나 마음은 일절 첨가되지 않은, 오로지 사건 중심의 이야기였다. 이삭의 아빠는 다양한 경범죄로 전과를 누적한 잡범에, 쉴 틈 없이 여자를 후려대면서 자기 아들은 늙은 엄마한테 가져다 버린, 섬에서 유명한 몹쓸 놈이었다. 할머니는 신실한 가톨릭 신자로, 미쳐 버렸다. 언제부터 미쳤는지는 정확히 모르겠지만, 기억하는 한, 할머니는 언제나 대체로 미쳐 있었다고 했다. 이삭을 시장이나 성당에 끌고 다니며 얘가 내 십자가요, 짐이요, 죄요, 벌이요, 하고 말했다. 이삭은 언제나 말이 없었다. 더럽지 않았지만 꾀죄죄했고 나쁜 짓을 하지 않아도 곧 할 것만 같아 보였다. 또래 아이들은 웬만하면 이삭을 헐뜯거나 괴롭히지 않았다. 불쌍한 애였다. 그런 이삭을 괴롭히면 나쁜 아이였다. 아이들은 나쁜 아이가 되고 싶지 않았다. 나쁘고자 하는 아이들도 이삭을 건드리지는 않았다. 쥐뿔도 없는 아이였다. 할머니와 이삭은 기초 수급과 후원을 통해 다

달이 생활비와 학비를 지원받는다고 했다. 그게 알려진 건 작년 봄이었다. 할머니는 학교에 찾아와 우리 이삭이 그런 나쁜 생각을 할 리가 없다고 말했다. 그리곤 담임에게 이게 후원받는 데 문제가 되진 않겠죠? 물었다. 그 이야기 역시 다른 이야기처럼 순식간에 퍼져 나갔다. 이삭의 할머니는 언젠가부터 별다른 일을 하지 않고 이삭을 키웠다. 그러면서 헌금은 매주 만 원씩 했다. 사람들은 이제 아들놈이 사람 구실을 하나 보다, 했다. 이삭이 죽고 싶다고 말했다는 소문이 퍼지자 사람들은 그 미친 노인네랑 살면 그럴 만하다, 했다. 할머니는 다시 시장과 성당, 한의원에 가 주절거리기 시작했다. 이삭의 정신이 돌아오면 돌아온 탕아를 위해 송아지를 잡은 아비처럼 반길 거라고. 사실 더 크게 소문을 낸 건 할머니였다.

그 애는 끝으로 이삭이 무언가 열렬히 좋아하거나 열심히 하거나 관심 가지는 건 본 적 없다고 했다. '해파리 같은 거지'하고 한 줄의 메시지가 더 왔다. 이리리가 '해파리?'하고 되물었다.

✉ (아님 비닐봉지? 바람 부는 대로 날아다니고 해류 따라 움직이고)

이리리는 화면을 빤히 바라봤다. 해파리나 비닐봉지. 고개를 들어 어둑한 실내를 비추는 천장의 전등을 바라봤다. 한참을 바라보다 눈을 감으면 검게 물든 시야에 빛의 흔적들이 해파리처럼, 비닐봉지처럼, 벌레나 플라나리아의 단면처럼 떠다녔다.

"이삭……."

작게 중얼거리며 눈을 뜨자 이삭을 닮은 것들이 사라졌다. 이리리는 손가락을 하나씩 접어 가며 이삭이 겪은 괴로움을 세어 봤다. 어머니의 빈자리, 아버지의 무관심, 미쳐 버린 할머니, 불쌍한 애라는 낙인… 기타 등등, 해당 지문에 나오지 않은 인물의 심정. 이게 국어 문제라면, 지문에 없는 내용은 신경 쓰지 않고 답을 찾아냈을 터였다. 그러나 이 문제의 핵심은 이삭이 문제가 아니라는 것이다. 해석할 수 없는 문장 같았다. 이 의미구나, 하고 다시 보면 그게 아니구나, 알게 되고 그럼 답을 바꿔야지, 하면 영영 이해할 수 없는 모양으로 바뀌었다. 이리리는 이치에 대해 생각했다. 자신의 이름에 두 개가 들어간 한자 理. 똑같은 한자 두 개를 나란히 두고 이름을 리리, 라고 지은 부모를 생각했다.

내가 다스릴 수 있는 건 하나도 없는데.

이리리는 자신의 이름 중에 남은 건 성인 '이' 밖에 없다고 느꼈다.

아니, 가족들이 기대한 아이가 아니니까 사실 '이'도 아닌 거지.

이리리는 자신의 이름 중 남은 것은 아무것도 없다고 느꼈다. 텅 빈 것. 이삭의 눈뿐만이 아니라 이리리의 이름도 모두 빈칸이 되었다. 이리리는 《백 년 동안 숨바꼭질》을 꺼내 펼쳤다. 내용은 기억나지 않지만 익숙한 삽화가 보일 때마다 조금 웃었다. 빠르게 페이지를 넘기다 바닥으로 종이 하나가 툭 떨어졌다. 편지였다. 너무 오래 책갈피에 들어가 있어 납작해진 것. 거기 끼워 놨다는 것도 잊을 만큼 판판해진 것이었다. 편지의 시작은 사랑하는 리에게, 였다.

리야, 마을 입구 바로 옆에 산으로 가는 길이 있단다. 거길 올라가다 보면 오른쪽으로 난 오솔길이 있을 거야. 거기 있는 초록 지붕 집이 고모 집이야. 언제든 숨고 싶은 날이면 고모한테 와.

편지지 뒷장에는 고모 집으로 가는 길을 그린 듯한 약도가 있었다. 이리리는 이를 꽉 물었다. 편지는 가방에 넣었다. 책을 베고 도서관 바닥에 누웠다. 시멘트의 차가운 기운이 몸 곳곳에 퍼졌다. 멀리서 천둥 치는 소리가 들려왔다. 번개는 한참 후에 번쩍였다. 뇌우는 저 멀리 떨어져 있는 듯 했다. 옆으로 돌아누우면 가지런히, 빼곡하게 꽂힌 책들이 보였다. 이리리는 저자 이름을 하나하나 속으로 읽었다. 아는 이름이 없다는 것만으로 나는 더 외로워질 수 있구나. 여전히 감은 눈꺼풀 안쪽에는 이삭과 같은 빛의 흔적들이 꾸물거리며 살아 있었다.

5

구름 없는 하늘이었다. 비가 쏟아지던 어제와는 전혀 달라서, 세트장을 옮긴 것만 같았다. 관광객들은 어디에 숨어 있었는지 해가 나자마자 몰려나왔다. 이삭은 돈을 받고 튜브와 비치볼에 바람을 넣어 주느라 바빴다. 그걸 기다리는 아이들은 바로 옆에 붙어 있는 슬러시 기계에 눈을 떼지 못했다. 천천히 돌아가는 주황색, 보라색, 파란색 얼음 알갱이들. 아이들은 홀린 듯 다가가다가 냉동고 안의 아이스크림을 발견했다. 그러면 또 냉장고에 달라붙어 초코, 바닐라, 딸기 그리고 보라색과 연두색이 섞인 아이스크림을 구경했다. 부모들은 이 더위에 잔소리할 기력도 없다는 듯 슬러시 하나, 아이스크림 하나를 아이 손에 들려 주곤 파라솔 밑을 떠났다. 가장 햇볕이 뜨거운 두 시쯤이 되자 관광객들은 다시 어디론가 사라졌다.

"와……. 오늘 매상 장난 아니겠다. 팔 아파."

이리리는 하늘과 같은 표정을 지었다. 비가 내렸던 어제는 다 가짜라는 듯 태연한 말투였다. 이삭은 대답하지 않았다. 이삭 역시 평소와 다름없이 먼 곳을 내다볼 뿐이었다.

"바람 넣는 건 어떻게 하는 거야?"

이리리가 고개를 빼고 이삭의 파라솔을 살폈다. 이미 페달을 밟아 바람을 넣는 거라는 걸 알고 있었지만 말을 걸 소재를 찾는 것 같았다. 그건 이삭 역시 알고 있었다. 이 해변에서 일어나는 모든 일에 호기심을 갖는 이리리가 모를 리가 없었다. 이 어색함에 더 괴로운 건 이리리였다. 언제 이삭이 폭발할지 몰랐다. 그러면 설명할 시간도 주지 않고 사라져 버릴 것 같았다. 스피드 퀴즈처럼 자신 없는 문제는 빨리 넘어가야 했다. 그래야 늘어지지 않고 게임을 끝낼 수 있었다.

"야, 나 도시락 싸 왔어."

점심을 먹을 수 있는 틈이 났다는 걸 이리리가 눈치채고 행동했다. 이삭은 이리리를 바라보며 고개만 끄덕였다.

"먹어."

이리리는 조금 들뜬 손길로 가방 안에서 도시락통 두 개를 꺼냈다. 그것을 한 품에 안고 다른 팔로는 의자를 끌어 이삭에게로 갔다. 이삭은 여전히 변하지 않는 표정으로 의자가 모래에 자국을 남기는 것을 바라봤다.

"같이 먹자."

이삭 쪽으로 내민 도시락통에는 마이멜로디가 그려져 있었다. 이해되지 않았다. 그래서 평소처럼 바람 빠지는 소리로 웃을 수도 없었다. 어제 그렇게 자신에게 막말을 들어 놓고 연한 분홍색 도시락통에 점심을 싸 올 수 있다니. 이삭은 이게 저 애가 가진 최고의 무기가 아닐까, 생각했다. 이삭이 가만히 있자 이리리는 손수 도시락 뚜껑을 열어 주었다. 안에는 돈가스와 김밥, 쫄면이 담겨 있었다. 이리리의 도시락통도 마찬가지였다. 이삭은 단무지와 어묵볶음이 들어있는 것을 보고 깨달았다. 분식집에서 사 온 거구나.

이리리는 분식집 전화번호가 찍힌 나무젓가락 포장을 뜯어 이삭에게 건넸다. 이삭은 고개를 푹 숙이곤 잠시 웃었다. 지구에 중력이 작용함으로써 사람들은 모두 땅에 발을 딛고 살아간다. 그 지긋지긋한 진리에 이삭은 휩쓸리고 싶었다. 이리리가 준 중력의 기회를 놓치고 싶지 않았다.

"잘 먹을게."

평소보다 낮고 작은 목소리였다. 이리리도 고개를 잠깐 숙이고 웃었다. 자신에게 섭섭했고 그래서 짜증을 내던 이삭이, 화해 쪽으로 다가오고 있었다. 이리리는 잠깐 마음이 아팠다. 이렇게 사람에게 무른 마음을 가졌으면서, 사람과 함께 있는 걸 좋아하면서. 이삭과 이리리는 하늘을 떠도는 새와 닮았다. 둘은 자신이 착지할 방향에 맞는 바람을 찾고 있었다. 지금은 허공을 떠돌지만 언제 바람이 바뀔지 몰랐다. 저 애가 안전히 내려올 수 있다면······. 다 먹고 나면 자연스럽게 책을 다시 건네주자. 책의 무게 때문에라도 여기 발붙일 수 있게.

"맛있어?"

이삭은 돈가스 한 조각을 우물거리며 물었다. 이삭은 고개를 숙이고 묵묵히 밥을 먹다 눈만 들어 이리리를 바라보았다. 그리곤 어제와는 다른, 가시 없는 눈길로 고개를 끄덕였다. 이리리는 ▨이 밥을 챙겨 줬던 삼색 얼룩무늬 고양이를 떠올렸다. 어느 순간부터 ▨의 빌라에 자리 잡은 고양이였는데, 텃세 때문에 늘 굶주렸다고 했다. 그럼에도 자존심과 경계심이 있어 ▨의 손은 타지 않았다. 사료가 담긴 그릇을 내밀어도 ▨이 한참 멀어지고 나서야 먹기 시작하는 똑똑한 고양이였다. 그 덕에 ▨은 용돈을 모아 탐조용 쌍안경을 샀다. 고양이는 그렇게 1년을 보낸 뒤에도 ▨의 손을 타지 않았다. 여전히 경계했다. 그러나 ▨이 스티로폼 상자에 담요를 깔아서 만든 집에서 겨울을 났다. 이리리는 ▨의 친절함이 사랑스러웠으나 이해되지 않았다. 고양이가 바라지도 않는 걸 왜 해 주는 걸까. 손도 타지 않는데.

"더 먹어."

이리리는 돈가스 두 조각을 이삭의 도시락통에 옮겨 담았다. 이삭은 통 안으로 들어갈 듯 말린 어깨를 폈다. 입에 든 것을 삼키고도 더 먹지 않았다. 이상하다. 이 이상한 기분이 어디서 오는 걸까. 도시락까지는 괜찮았다. 맛있느냐고 묻는 것까지도. 그건 평소의 이리리였다. 그러나 더 먹으라며 챙겨 주는 부분부터 이상했다. 평소의 이리리는 어땠나? 뭘 사 오든, 뭘 하든 나 잘했지? 꽤 괜찮지? 하며 이삭을 살피던 애였다. 이삭이 어떤 생각을 하는지 궁금해하진 않았지만. 쓸데없는 소리를 눈치 없이 주절거렸지만, 그건 이리리가 이삭을 인정했기 때문이었다. 이삭은 알고 있었다. 너한테는 이야기할 수 있어, 하는 이리리의 눈빛은 어딘가 절실해 보였다. 다만 그 절실함에 손을 붙잡고 진지하게 귀를 기울일 마음이 들지 않았던 것뿐이었다. 아무것도 아닌 것으로 죽고 싶어 할 만큼 나약하지만, 할머니의 말을 빌리자면 그것이 이리리의 십자가인 셈이었다.

"이삭."

이리리가 전에 없이 진지한 목소리로 이삭을 불렀다. 이삭은 기척을 읽기 위해 이리리를 가만히 바라봤다. 김밥 단면을 젓가락 끝으로 헤집던 이리리가 고개를 들었다. 눈이 마주쳤다.

"많이 힘들었지?"

이삭의 미간이 빠르게 구겨졌다가 펴졌다. 모든 말과 행동이 리모컨이 잘못 눌린 텔레비전처럼 이어지지 않았다. 콜라주 같았다. 이삭은 드라마, 예능, 홈쇼핑, 광고, 다시 예능, 다시 드라마, 뉴스, 다큐멘터리가 줄줄이 이어지는 화면을 보는 것만 같았다. 이해할 수 없었다. 생각도, 위에서 소화되던 것들도 모두 멈춘 것만 같았다.

"몰랐어, 나는. 네가 그렇게 힘들게… 살아왔다는 거."

이삭은 가만히 테이블 위에 젓가락을 내려놨다. 익숙했다. 진부했다. 이삭은 동정과 연민에 대해 너그러운 편이었다. 누가 자신을 동정하든, 연민하든 신경 쓰지 않았다. 그 방법이 어떻든 간에, 그건 그들의 마음이었고 그것까지 신경 쓰자니 자신이 터져버릴 것만 같았다. 동정해서 괴롭히는 애들도 있고 연민해서 이삭을 피하는 애들도 있었다. 이삭은 자기가 할 수 없는 일에 힘쓰지 않았다. 그럴수록 더 시선만 끌 뿐이었다. 그러나 이리리의 것은 달랐다. 불쌍히 여기는 것도 가엾어하는 것도 아니었다. 이건… 그래, 나만이 너를 안다는 마음. 동정과 연민 다음 단계에 있는 이해와 비슷한 오해. 이런 건 견디기 힘들었다. 자기만 몸집에 비해 작은 옷을 입고 있다는 걸 처음 깨달았을 때 같았다. 겨울이라 꺼내 입은 점퍼 소매가 손목을 덮지 못한다는 걸 숨기기 위해 주머니에서 손을 빼지 않았던 어느 날과 같았다. 그때도 지금도 이삭이 원하는 건 단 한 가지였다. 아는 척하지 않고 지나가는 것. 주머니에서 손을 끌어내서 작아진 옷, 하얗게 튼 손등, 때 탄 소매를 보지 않는 것. 넌 주머니에 손을 넣었구나, 생각하지도 않는 것. 원래 그런 아이가 원래 그렇게 있다고 여기는 것. 그것이 이삭이 받고 싶은 유일한 동정이자 연민이었다.

"난 네 마음 알아."

이리리의 말투는 친절하고 부드러웠다. 이삭은 참지 못하고 가늘고 긴 한숨을 내쉬었다. 이해를 바란 적이 없었으므로 이해해 주는 사람이 없어서 괴로운 마음이란 걸 도리어 이해할 수 없었다.

"앞으로 뭐든 이야기하고 싶은 건 다 나한테 말해 줘. 그동안 네가 내 얘기를 들어 줬잖아. 죽고 싶은 마음이 들 때는 나한테 전화해."

"아니라고."

"응?"

"아니라고 했잖아. 죽고 싶은 거 아니라고."

이삭이 자리에 거칠게 일어나는 바람에 의자가 뒤로 넘어졌다. 이리리는 모래가 날리는 걸 바라봤다. 왜 이삭이 짜증스럽게 앞머리를 터는지 알 수 없었다. 이삭은 이리리에게 등을 보였다. 허리춤에 손을 올리고 숨을 고르는 듯 씩씩거렸다. 무엇에 화가 난 걸까. 이삭에게 한 말은 이리리가 누군가에게, 웬만하면 이삭에게 듣고 싶은 말이었다. 그리고 다수가 듣고 싶어 하는 말일 것이라고 생각했다. 위로의 첫걸음은 귀 기울이고 있다는 신호를 보내는 거라고, 유명한 심리학자가 말했다. 그럼 이삭은 위로가 필요한 게 아니었나? 그렇다면 이삭에게 필요한 건 뭘까?

"야, 너는… 씨, 내가 무슨 원숭이냐?"

몸을 돌려 자신을 보는 눈빛에서, 노을을 등지고 걸어오던 첫날의 이삭이 보였다. 키가 크고 눈매가 날카롭고 구부정한 자세와 갈색 곱슬머리. 괴롭힘을 당하는 것보다 괴롭히는 것에 능숙할 것 같은 인상. 다 편견이었음을 이리리는 알았지만, 자신이 선택한 게 오답인 것만 같았다. 슬리퍼를 앞에 놓아 주던 동그란 머리와 김밥을 묵묵히 먹던 옆모습이 지금의 이삭을 가려 주지 못했다.

"먹을 거 주면서 살살 달래면 좋다고 할 줄 알았어?"

완벽하게 찌푸려진 얼굴이었다. 짜증과 화로 범벅이 된 목소리가 이리리의 몸 곳곳에 꽂혔다. 방금까지 먹음직스러워 보였던 도시락이 세상에서 제일 볼품없어 보였다. 이리리는 분식집에서 칼질하는 사장님 옆에 붙어서 이건 이렇게 놔 주세요, 반찬은 여기에, 돈가스는 한 입 크기로, 하며 까다롭게 굴었다. 해변으로 오는 동안 이삭에게 할 말을 연습했다. 이삭이 수줍게 웃으면 어제의 일은 모두 잊을 수 있을 것 같았다. 일을 마치고 집으로 함께 걸어

가며 이삭이 이야기를 들을 수 있을 줄 알았다. 이리리의 얼굴이 단번에 붉어졌다.

"왜 짜증이야?"

"왜 짜증이냐고?"

"왜 짜증이냐고!"

이삭은 미치겠네, 하고 중얼거리며 거칠게 마른세수를 했다. 이리리도 자리에서 일어났다. 그 바람에 테이블이 덜컹거리며 도시락통 두 개가 엎어졌다. 이리리의 놀란 두 눈이 커다래졌다.

"너 지금 도시락 엎은 거야?"

"말 똑바로 해. 네가 엎었어."

이리리는 모래사장에 처박힌 마이멜로디의 얼굴이 초라해 보여서 화가 났다. 회색에 재미없는 도시락통이 아닌, 자기가 쓰던 마이멜로디 도시락통을 이삭에게 건넨 건 그 애가 웃길 바라서였다. 이삭은 결코 웃지 않았다. 자기가 얼마나 노력했는지, 얼마나 애를 썼는지는 이삭에게 중요한 것이 아니었다.

"너 진짜 못됐다. 왜 먹을 거에 화풀이야. 음식 남기면 죽어서 그거 다 먹어야 하는 것도 몰라?"

"남긴 음식 다 먹는 게 무서워서 죽을 수는 있겠냐?"

"…너 내가 우스워?"

사실 어렴풋이 눈치채고 있었다. 이삭이 원하는 것은 위로 같은

게 아니었다. 화를 낼 일이, 화를 낼 상대가 필요했다. 작은 일에
도 크게 반응하고 목소리를 높이는 건 이삭답지 않았다. 말을 길게
하는 것 역시. 그냥 이삭에게는 핑계가 필요했고, 그게 필요하다면
이리리는 순순히 핑계가 되어 줄 수 있었다. 그것까지였다면.

"어."

"우습다고?"

이삭은 두 번 대답하지 않았다. 그저 텅 빈 눈으로 이리리를 바
라볼 뿐이었다. 이리리는 할 말을 잃었다. 입안은 빈칸이 되었다.
어떤 말도 들어맞지 않았다. 단답형 문제여도, 서술형이어도, 하
다못해 객관식이어도 풀 수 없는 문제였다. 해설도 없었다. 이삭
은 답을 알려 줄 마음이 없는 출제자였다. 어쩌면 애초에 이리리
가 풀라고 만든 문제가 아닐지도 몰랐다. 이리리는 주먹을 꽉 쥐
었다. 짧은 손톱이 손바닥 안을 파고드는 것이 느껴졌다.

"배가 불러서 그런가. 그깟 헤어진 것 때문에 죽고 싶냐? 철 좀
들어."

"……."

"내 얘기 캐고 다녔냐? 알고 나니까 불쌍해서 가만히 있을 수가
없어? 내가 꼭 너 같아? 야, 절대 아니야. 너랑 나는 태어날 때부
터 달랐는데 무슨 이해를 해. 뭘 다 알아, 네가. 인정 좀 해. 나처
럼 불쌍한 애도 사는데 너는 별거 아닌 일도 못 버텨서 죽고 싶은

게 화나는 거라고."

"…야."

"죽고 싶다고 하면 좀 특별해질 것 같냐?"

이리리가 몸을 돌렸다. 자신의 파라솔로 가 큰 컵 두 개에 슬러
시를 가득 담았다. 하나는 오렌지 맛이고 하나는 포도 맛이었다.
이삭은 이리리가 울거나 소리 지를 거라고 생각했다. 이리리는 울
지도, 소리 지르지도 않았다. 양손에 컵을 쥐고 다시 이삭의 파라
솔로 돌아왔다.

"야!"

이삭의 누렇게 변색된 흰 티셔츠에 오렌지 맛 슬러시가 뿌려졌
다. 목덜미부터 바지, 무릎을 타고 흐른 슬러시가 샌들의 오목한
부분에 고였다. 놀라서 눈을 크게 뜬 채 자신의 옷과 이리리를 번
갈아 보고 있는데, 이리리가 이번에는 포도 맛 슬러시를 뿌렸다.
이삭의 입에서는 비명도 나오지 않았다. 머리카락과 얼굴, 귓바퀴
까지 모두 젖었다. 달콤한 향기와 차가운 감촉은 느리게 찾아왔다.

"조용히 좀 해. 너 원래 이렇게 말이 많았냐?"

이리리는 종이컵을 구겨 이삭의 발치에 던졌다. 이삭은 한 손으
로 얼굴을 훔치곤 카운터로 다가갔다. 마침 아이스박스에는 페트
병에 담긴 믹스커피 다섯 개가 있었다. 이삭은 그중 하나를 꺼내
천천히 뚜껑을 열었다. 이리리는 낌새를 눈치채고 한 걸음씩 뒤

로 물러났다. 페트병 가운데를 꾹 누르자 물총처럼 연갈색 믹스커
피가 이리리의 얼굴과 티셔츠를 향해 날아갔다. 물줄기가 멈출 때
까지 이리리는 소리를 질렀다. 둘은 마주 보고 씩씩거리다, 각자
의 파라솔에서 손에 잡히는 것들을 집어 서로에게 던지기 시작했
다. 이리리는 아이스크림 통을 품에 안고 손가락으로 바닐라 맛,
초코 맛, 딸기 맛을 퍼내서 던져댔다. 손끝이 빨개질 정도로 차가
워서 견딜 수 없어지면 슬러시를 끼얹었다. 이삭은 믹스커피 다섯
통을 다 비우고 나서는 이온 음료와 보리차를, 이후에는 손바닥만
한 과자 봉지를 집어 던졌다. 던질 것이 없어지자 둘은 서로에게
모래를 뿌려댔다. 이삭이 바닥을 차면 모래가 파도처럼 이리리를
덮쳤다. 이리리는 이를 악물고 젖은 모래를 뭉쳐 이삭을 향해 철
퍽철퍽 던졌다. 점점 사람들이 모여들었다. 둘은 끈적끈적해졌고,
단내를 풍겼으며, 모래 범벅이 되었다.

"너 진짜 미쳤어?"

"네가 더 또라이 같거든?"

둘은 서로를 바라보며 으르렁거렸다. 둘 다 입에서 모래 알갱이
가 씹혔고 눈을 제대로 뜨지 못했다. 마침 이삭의 전화벨이 울렸
다가 금세 끊겼다. 이리리의 전화벨이 울렸다. 선배였다. 아무도
전화를 받지 않았다. 이삭은 거친 숨을 고르며 바닥에 떨어진 것
들을 줍기 시작했다. 모래로 웅덩이를 덮으며 이리리를 돌아봤다.

"물티슈로 빨리 주변 좀 닦아."

이리리는 등을 굽힌 이삭을 빤히 바라보다가 발로 엉덩이를 밀었다. 앞으로 고꾸라진 이삭은 진흙탕이 된 곳에 얼굴을 박았다.

"너나 치워. 나 그만둔다."

이리리는 더러워진 책가방을 낚아채듯 들었다. 2천 원짜리 선글라스를 던지듯 버렸다. 여전히 고꾸라져 있는 이삭 옆을 지나칠 때는 눈물이 한가득 차오른 상태였다.

"그래, 불쌍해서 좋겠다."

이리리가 절뚝거리며 멀어졌다. 이삭은 그제야 하늘을 보고 누웠다. 온몸이 끈적거렸고 가려웠다. 수면 아래서 오래 있던 고래가 간만에 숨을 터트리듯, 이삭의 안에서 깊고 긴 숨이 터져 나왔다. 날씨는 여전히 뜨거웠고 하늘은 가짜 같이 파랬다.

6

블라인드를 걷자 흐리멍텅한 빛깔의 하늘이 보였다. 비를 뿌릴 정도는 아니었으나 해를 가려 이 여름을 더 텁텁하게 만드는 먹구름이 얇게 깔려 있었다. 이리리는 책상 앞 의자에 앉아 목을 뒤로 늘어뜨렸다. 자는 동안 굳었던 뼈마디에서 두두둑, 하는 소리가 났다. 일주일 동안 이리리는 학교에 가지 않았다. 담임에게는 연구소에서 연구원 자녀들을 대상으로 진행하는 2박 3일 캠프에 간다고 했다. 캠프에 다녀와서 몸살에 걸렸다고 하니 그 주를 모두 쉴 수 있었다. 담임은 이리리의 말을 믿고 엄마와 아빠 중 누구에게도 전화를 걸지 않았다. 평소에 말을 잘 들어 놓으면 역시 편하구나, 생각했다. 그럼에도 기분은 나아지지 않았다. 이리리는 오후까지 자고 싶어서 일부러 새벽에 잠들기도 했지만 정오가 되면 눈이 떠졌다. 어느 날은 잠에서 깨 옷을 갈아입고 가방을 챙겨 나가려다 현관에서 멈추기도 했다. 나 그만뒀지. 혼자 중얼거리며 더욱 외로워졌다.

방문 밖의 고요한 거실이 뒤집힌 풍경을 이리리는 오래 바라보았다. 배가 고팠다. 집에 있는 내내 물 말고는 먹질 않았다. 저녁에 부모가 돌아오면 그제야 함께 식사했고, 부모가 밖에서 먹고 들어오는 날이면 쓰지 않은 그릇에 물을 묻혀 식기세척기 안에 넣어 뒀다. 해변에서 일하며 붙었던 볼살은 다시금 사라지고 있었다. 주방으로 가 찬장을 살폈지만 즉석밥도, 라면도 없었다. 바빠서 대충 먹기 시작하면 대충 살게 된다는 부모의 철학 때문이었다. 짜증 나. 이리리는 잘 챙겨 먹고 싶지 않았다. 건강한 음식을 챙겨 먹으면 삶과 더 가까워지는 기분이 들었다. 게다가 이 집에서? 상상만으로도 헛구역질이 나왔다. 이리리는 냉장고에서 오이를 꺼내 방으로 갔다. 멍하니 하늘을 보며 오이를 아삭아삭 씹었다. 심심한 맛이었다. 오랜만에 휴대폰 진동이 울렸다. 이삭과 싸운 후 선배에게 수십 통의 전화와 메시지가 왔지만 받지 않고 무시하자 하루 만에 조용해졌다. 이리리는 휴대폰을 집어 들었다. 이삭에 관한 이야기를 들려줬던 그 애였다.

✉ (3학년 형들 사이에서 너랑 이삭 이름 나오는 거 알아?)

> 며칠 전에 이삭 맞았다는데

> 너 관련 있는 거야?

이리리는 자기도 모르게 자리에서 일어났다. 메시지가 더 왔지만 읽지 않았다. 옷을 갈아입고 야구 모자를 푹 눌러썼다. 주머니에 교통 카드만 넣고 밖으로 뛰쳐나왔다. 배차 간격이 두 시간인 버스가 집 앞으로 오려면 3분밖에 남지 않았다. 이리리는 뛰었다. 뛰는 내내 이삭을 생각했다. 이삭을 때린 건 분명 선배일 터였다. 자신에게 더는 연락하지 않은 이유가 있었다. 마침 버스가 저 뒤에서 오고 있는 것이 보였다. 이리리는 끝까지 달려 정류장에 섰다. 숨을 고를 새 없이 버스가 와서 멈췄고 이리리는 타자마자 좌석에 앉아 한참 숨을 골랐다. 일차선 국도와 구불구불한 비포장도로를 달리며 이삭에게 여러 번 전화를 했지만 받지 않았다.

버스는 해수욕장 주차장에 이리리를 내려놓고 떠났다. 이리리는 아지랑이가 보일 만큼 뜨거운 아스팔트 위를 걸으며 이삭의 멍들고 망가진 얼굴을 상상했다. 그럴수록 걸음은 빨라졌다. 이삭과 자신의 천막이 보이자, 마음 어딘가가 와르르 무너지는 것 같았다.

이리리는 조급해서인지 모래 때문인지, 마음만큼 빨리 걸을 수 없었다. 가판대 앞에 서 있는 키 큰 누군가의 뒷모습을 보자 금방이라도 넘어질 것처럼 무릎이 자꾸 꺾였다. 밀짚모자를 쓰고 오른

발로 펌프를 누르는 구부정한 등. 이삭이었다.

"야!"

튜브를 건네고 값을 치르기를 기다렸다가, 조개를 낚아채는 갈매기처럼 다가가 이삭을 돌려세웠다. 그 짧은 순간, 이리리는 영화에서 보던 것처럼 피떡이 된 이삭의 얼굴을 떠올렸다.

"깜짝이야."

그러나 돌아본 이삭의 얼굴은 멀쩡했다. 밀짚모자 아래로 삐져나온 곱슬머리와 이리리가 던지고 갔던 선글라스. 팔에 찬 쿨 토시. 키가 커서 그런지, 방학을 맞아 놀러 온 대학생 느낌이 났다. 걱정되어 울기 직전이던 이리리는 한 걸음 주춤 물러났다.

"뭐야."

대답할 수 없었다. 걔가 잘못 안 걸까. 우물쭈물하는 사이 이삭은 이리리가 맡았던 천막으로 옮겨 갔다. 슬러시 기계에 음료를 채워 넣었다.

"너… 괜찮아?"

그 물음에 이삭은 이리리 쪽으로 천천히 고개를 돌렸다. 선글라스에 눈이 가려져 어떤 표정인지 확인할 수 없었다. 이삭은 다시 대답 없이 자신의 천막으로 돌아왔다.

"너 괜찮냐고."

또 한 번, 이삭은 대답하지 않았다. 이리리의 걱정은 점점 화로 바뀌었다. 걱정돼서 달려온 것도 모르고. 아무것도 모르면서 멍청하게 또. 이리리가 손을 뻗어 밀짚모자를 벗겼다. 그 찰나에, 앞머리로 가려져 있던 이삭의 이마에 든 푸른 멍이 언뜻 보였다. 이삭은 한숨을 쉬며 도로 모자를 뺏어 갔다. 이리리는 혹시나, 하는 마음에 선글라스도 벗겼다.

"너, 맞았어?"

왼쪽 눈 흰자는 충혈돼 있었다. 핏기가 곳곳에 어려 있었고, 눈두덩이는 푸른색, 보라색, 노란색이 섞인 멍으로 뒤덮여 있었다.

"선배가 때렸어?"

이삭은 대답하지 않았다. 거짓말은 못 하면서 입 다무는 건 잘하지, 넌. 이리리는 어금니를 꽉 물었다. 이삭이 선글라스를 다시 쓰며 입을 열었다.

"그날 장사할 거 다 날려 먹었는데 이 정도면 덜 맞은 거지."

이번에는 이리리가 입을 다물었다. 이삭은 다시 대학생처럼 보였다. 그러나 이제는 어설프게 썬팅이 된 선글라스 너머의 멍이 또렷하게 보였다. 이리리는 그 앞에 가만히 서서 말을 골랐다. 주먹을 꾹 말아 쥐고, 사과할까? 쟤도 잘못했는데. 아프냐고 물을까? 당연히 아프겠지. 하는 동안 이삭은 플라스틱 의자에 앉았다. 순간, 이삭의 한쪽 무릎의 멍 자국이 눈에 들어왔다. 이리리는 그것이 지난 폭우 때 생긴 것임을 알아챘다. 얼굴에 있는 것과 달리

노란색으로 서서히 옅어져 가는, 아기 주먹만 한 멍. 이삭과 싸우던 그날에는 분명 더 파랗고, 컸을 멍. 이리리는 그걸 이제야 알아챘다는 사실이 스스로 납득되지 않았다.

"너 빨리 가. 괜히 선배 눈에 띄지 말고. 여자애라고 안 봐줘."

이삭이 한쪽 귀에 이어폰을 꽂으며 말했다. 이리리는 화가 났다. 이삭에게 자꾸만 화가 나서 가만히 있을 수가 없었다. 태연한 모습으로 휴대폰 화면을 들여다보는 이삭을 참을 수가 없었다. 몸이 멋대로 움직였다. 이리리는 뛰기 시작했다. 한 손에는 이삭의 휴대폰이 들려 있었다. 모래가 자꾸만 발을 잡았다. 아무리 빨리 달려도 느리게 뒤로 미끄러지는 느낌이었다. 뒤에서 이삭이 야! 소리치며 따라오고 있었다.

모래가 날리고 갈매기가 끼룩끼룩거리는 소리, 물장난하는 사람들의 웃음소리가 아득하게 뒤로 멀어졌다. 거친 호흡과 둥둥 울리는 심박이 이리리의 귀에 가득 찼다. 다리는 점점 느려졌다. 터덜터덜 걷는 정도가 되었을 때, 이삭이 앞을 가로막았다. 이삭 역시 가쁘게 숨을 쉬며 티셔츠 소매로 콧잔등의 땀을 닦았다.

"엄청 빠르네……."

이리리와 이삭은 서로를 보며 숨을 고르다 고개를 돌렸다. 이삭은 파도를, 이리리는 한참 멀어져서 점처럼 보이는 천막을 바라봤다.

"줘."

이삭은 휴대폰을 빼앗아 가지 않았다. 그저 손을 내밀고 이리리를 기다리고 있었다. 화난 목소리도 아니었다. 이리리는 여기저기 굳은살이 자리 잡은 손바닥을 내려다봤다. 이삭이다. 키만 큰, 화를 내거나 빈정거릴지언정 남을 해치지는 못하는, 그래서 자기가 자꾸 다치는 이삭이다.

"땡땡이치자."

이리리가 등 뒤로 휴대폰을 숨기며 말했다.

"내가 선배한테 돈을 주든 경찰에 신고를 하든 대신 맞든 할 테니까, 땡땡이치자."

생각하는 듯 눈을 천천히 깜빡이던 이삭이 뒤로 한 걸음 물러났다. 이리리는 두 손으로 휴대폰을 꽉 쥐고 해변을 따라 걸었다. 이삭이 가져가지 않을 것이란 걸 알았지만 그렇게 했다. 그만큼 간절했다. 무엇이? 그건 알 수 없었다. 파도가 밀려오고, 다시 물러가며 모래알을 스치는 소리가 반복적으로 들려왔다. 이리리가 앞장서 걷고 이삭은 그 뒤를 천천히 따라갔다.

"너는 내 얘기가 안 궁금하겠지만, 이삭. 다른 사람은 몰라도 네가 알아줬으면 하는 게 있어. 남자애 아니야. 나… 그러니까, 여자 좋아해. 누군지 말은 못 하는데, 응. 남자애 아냐. 사실 성별이 무슨 상관이겠어. 내가 유치해 보인다면, 누굴 좋아해도 그렇게 보일 거야. 근데 너한테는 말하고 싶었어. 다른 애들은 몰라. 내가 사귀었던 애 빼고. 내가 살면서 이걸 말하고 싶었던 사람이 딱 세 명 있어. 엄마, 아빠, 그리고 너. 이해받고 싶었어. 모르겠어. 왜 내가 누굴 좋아하는지를 부모님한테 이해받고 인정받고 싶은지. 근데 같은 집에서 가족이라고 살면서 지금 나한테 제일 중요한 걸 비밀로 해야 한다는 게 싫었어. 말을 어렵게 꺼냈는데 듣자마자 아닐 거라고 하더라. 그래서 누굴 사귄다는 말도 못 했어. 그러고 헤어졌어. 걔는⋯ 싫대. 누구한테든 말하는 거. 여긴 좁아서 다 소문날 거라고. 나야 여기 살던 애도 아니고 대학 가면 끝이겠지만 자기는 아니라고. 할아버지의 할아버지 때부터 여기 살았는데 너 편하자고 다 까발리면 자긴 어떻게 사냐고. 자기 부모님은 어떡하냐고. 다 손가락질할 거라고. 그게 잘못된 건 아는데, 잘못된 걸 알아도 하는 사람들이 있다고. 내가 이기적이래. 내가 자길 망칠 거래. 그러다가 나중에는 날 좋아한 적 없대. 자긴 여자한테 끌린 적 없대. 내가 전학 온 지 얼마 안 돼서 친구도 없고 하니까 놀아 준 거래. 그 호의를 내가 착각했대. 걘 무슨 호의로 사랑한다고 하냐. 그치?"

대답을 바라고 물은 것이 아니었고 이삭 역시 답하지 않았다.

"어느 날 학교에 가니까 다른 애들이 다 나를 슬슬 피하더라. 내가 메시지 보내면 답장도 늦고, 안 할 때도 있고. 눈치는 채고 있었는데 걔랑 헤어진 게 슬퍼서, 집에 있는 게 답답해서 신경도 안 쓰였어. 근데 1반에 안 친한 애가 갑자기 묻는 거야. 쉬는 시간이라 애들 다 복도에 있는데. '너 그 오빠랑 사귀는 거 진짜야?' 무슨 소리인지 들어 보니까 소문이 났대. 내가 연구소에 인턴으로 온 대학생이랑 사귄다고. 기억나? 작년 겨울에 학교에 자기네 대학교 점퍼 입고 교무실 찾아왔던 사람. 우리 학교 출신이라고, 선생님들 보러 왔다고 했던. 겨울방학 때 연구소에 인턴으로 왔댔거든. 왜 그 소문이 났는지 몰랐어. 난 그 사람 알지도 못해. 어디서 퍼지기 시작했는지 찾아보니까 걔가 시작했더라. 왜 그랬냐고 물어봤더니 뭐라는 줄 알아? 그게 서로한테 좋을 것 같다고 생각했대. 걘 겁이 너무 많아. 걱정도 많고. 그래서 아직도 걔가 걱정되고 신경 쓰여. 다 내 잘못 같아. 내가 엄마 아빠한테 말을 안 했다면. 울면서 개한테 전화 걸지 않았다면. 걔를 좋아하지 않았다면. 여자를 좋아하지 않았다면. 그냥… 태어나지 않았다면. 커밍아웃하기 전에 죽어 버렸다면. 그럼 개도, 엄마도, 아빠도, 심지어 너까지도 마음이 편했을 텐데."

눈물이 고였다. 흐르기까지 고작 몇 초가 남았을 뿐이었다. 이리리는 고개를 푹 숙였다. 모래사장에 동그란 자국이 남았다. 이리리는 흐느끼지 않았다. 거실에서 저녁을 보내는 부모에게 우는 걸 들키지 않기 위해 익힌 '가장 조용히 우는 법'을 사용했다. 눈물만 떨구고 소리가 터져 나올 것 같으면 숨을 내쉰다. 그리고 속으로 말한다. 괜찮아. 괜찮다고 서른 번 쯤 얘기했을 때, 이삭이 뒤에서 어깨를 톡톡 건드렸다. 이리리는 순간 겁을 먹었다. 자기 이야기를 주절거리는 걸 이삭이 싫어한다는 걸 온몸으로 알았기 때문이다. 그래서 쉽게 돌아보지 못했다.

"미안해."

이삭이 자신의 등을 보고 있음을, 이리리는 느꼈다.

"오해해서."

천천히 몸을 돌려 고개를 들었다. 이삭이 가끔 논밭을 지나갈 때 보는 허술하게 만든 허수아비처럼 보였다. 이리리는 자기도 모르게 웃었다. 오즈의 마법사에 나오는 양철 나무꾼처럼, 심장이 없어 보이는 사과였다. 그러나 이리리는 알고 있었다. 진심이구나. 정말 너는 내가 듣고 싶었던 말을 해 주는구나.

"괜찮아."

"그래?"

고개를 끄덕이는 것을 확인하곤 이삭은 앞질러서 야트막한 절벽 사이로 들어갔다. 해수욕을 즐기는 사람들이 없는 한산한 곳이었다. 이삭을 따라간 곳에는 동굴이라고 부르기에는 얕은, 그늘이 될 정도로만 들어갈 수 있는 오목한 곳이 있었다. 누구든 쉬고 가라는 것처럼 안쪽에는 편평하고 넓은 바위가 놓여 있었다. 이리리는 이삭의 옆에 앉았다. 둘은 어느새 맑아진 하늘과 푸른 바다를 바라봤다. 빛을 받은 파도의 볼록한 부분이 포일처럼 반짝거렸다.

"이리리."

이삭이 선글라스를 벗었다. 가까이서 보니까 더 심하네. 금세 이리리의 눈썹이 팔자 모양이 됐다.

"우리 할머니 미친 거 맞아."

농담이 아니었다. 이삭은 어떤 때보다 진지했다.

"내 얘기를 하나 하자면, 할머니는 내가 맞은 거 보고도 아무 말 안 했어. 새벽에 갑자기 눈이 너무 따갑고 아파서 깼는데, 할머니가 물파스를 바른 거더라. 이 꼴로 밖에 어떻게 나가냐고. 성당은 어떻게 갈 거냐고."

말을 마친 이삭은 웃고 있었다. 이리리의 손이 멋대로 움직였다. 이삭의 마른 등을 천천히 위에서 아래로 쓰다듬었다.

"미안해."

"사실 우리 잘못은 별거 아닐걸."

"그래?"

"응, 그래."

"다행이네."

"…책은 언제 다시 빌려 줄 거야?"

이삭이 고개를 옆으로 돌려 이리리를 바라봤다. 눈이 마주친 순간, 이리리가 크게 웃었다.

"너 읽고 있었어?"

"몇 페이지 읽어 보니까 재밌더라고."

"어디까지 읽었는데? 무슨 내용이야?"

"무슨 내용이냐면… 빼논이라는 아이가 숨바꼭질하다가 동굴에 들어가서 요정 나라로 간 거야. 거기서는 나이를 안 먹으니까 시간이 얼마나 지난 줄 몰랐던 거지. 다시 나가 보니까 백 년이 지난 거야. 동네로 돌아가니까 다 바뀌었고. 자기가 살던 집은 폐허로 남고. 근데 바닥에 쪽지 하나가 보여. 자기랑 숨바꼭질했던 그 친구야. 너를 꼭 찾아낼게. 그렇게 적혀 있었고……."

절벽 위의 나무가 바람에 흔들리며 쏴아, 쏴아, 하는 소리를 냈다. 이삭과 이리리의 말소리와 웃음소리가 얕은 동굴 안에 울렸다.

　이리리와 선배는 30분째 땡볕에서 이야기를 나눴다. 그동안 이삭은 두 천막을 오갔고 손님에게 거스름돈을 건네면서도 둘이 있는 쪽을 흘긋거렸다. 선배는 답답하다는 듯 큰소리로 한숨을 쉬었다. 허리춤에 손을 올리고 목을 돌리며 미치겠네, 하기도 했다. 그럴 때마다 이리리가 맞는 건 아닐까, 걱정돼 이삭의 몸이 움찔거렸다. 이리리는 갑자기 들이닥쳐서는 선배를 이리로 불렀다, 담판을 지을 거다, 넌 무슨 일이 있어도 끼어들지 마라, 하며 겁을 줬다. 마침내 이야기가 끝났는지 선배가 천막으로 저벅저벅 걸어왔다.

　"이삭."

　이삭은 눈을 내리깔았다.

"일 똑바로 해라."

선배는 개또라이 같은… 하고 중얼거리며 멀어졌다. 이리리는 햇빛에 얼굴이며 팔다리가 빨갛게 익어서는 슬러시 기계 앞으로 갔다. 포도 맛 슬러시를 따라 단숨에 마시곤 관자놀이를 꾹 눌렀다.

"어우, 두통……. 야, 너 일주일 치 주급도 안 받는다고 했다며?"

"……."

"바보냐? 돈은 받고 일을 해야 할 거 아냐. 이번 주까지 밀린 거 입금될 거야. 애를 두들겨 팼으면 그걸로 끝이지. 쪼잔한 새끼."

이리리가 오토바이를 타고 떠나는 선배의 뒷모습을 째려봤다. 이삭은 답하지 못한 채 눈만 빠르게 깜빡거렸다.

"너 선배한테 뭐라고 했어?"

"신고한다고. 불법 노점상, 폭행, 청소년 노동법 위반."

"야, 저 선배 무서운 사람이야. 삼촌들이 깡패라고."

"뭐! 무서운 삼촌 있으면 돈 떼먹고 패도 돼? 너는 뭐 엄청 사회생활 빠삭한 것처럼 말하더니 순해 빠져 가지고……. 학교에서 안 배웠냐? 법치 국가!"

이삭은 처음으로 이리리의 순진무구함에 웃음이 터져 나왔다. 깡패 삼촌을 믿고 깡패처럼 구는 선배에게 겁을 줬다는 게 믿기지 않았다. 아무것도 몰라서 할 수 있는 게 있네. 이리리는 웃기만 하는 이삭을 이해할 수 없다는 듯 바라봤다. 이삭은 다시 평소의 표정을 짓고 바닥으로 고개를 떨궜다.

"선배가 너 봐준 거야. 너한테 쫀 게 아니라. 조심해. 진짜 뭔 짓을 할지 몰라."

이리리는 아랫입술을 삐죽 내밀었다.

"쫀 건 너야."

한 마디도 질 수 없다는 듯 이리리가 말했다. 그리곤 의자를 끌고 와 이삭 옆에 나란히 앉았다. 그래, 너는 겁이 없는 사람이지. 이삭은 혼자 고개를 끄덕였다. 쫀 건 내가 맞지. 항상 잔뜩 오그라들어서 펴지지 않지. 사실은 내가 오그라들었다는 것도 잘 모르겠어. 이렇게 태어난 것 같아. 이삭은 전날 절벽 밑에 앉아 있던 시간을 떠올렸다. 자기 이야기를 남에게 해 본 건 처음이었다. 말은 매끄럽게 나오지 않았다. 기억을 더듬고 생각을 더듬고 말을 더듬었다. 이리리는 진지한 표정으로 고개를 끄덕이고 가끔 등을 쓸어 줬다. 이삭은 사라지고 싶은 마음에 대해 이야기했다. 죽고 싶은 마음과는 다르다고 말하려다가 말이 자꾸 꼬였다. 이리리만큼 매끄럽게는 아니어도 정확하게 전하고 싶어서 말을 하는 시간보다 말을 고르는 시간이 더 길었다.

여기에서 사라지고 싶음. 여기에 내 자리가 없음. 어디로든 여기가 아닌 곳으로 아무도 모르게 옮겨 가고 싶음. 그러나 여기 이외의 곳을 모름. 다시 그러나, 상관없음. 어디로든, 어디에든 가고 싶음. 사라지고 싶음. 어딘지 모름. 상관없음. 여기만 아니면 됨 등등. 그런 마음.

이리리는 자신에게도 비슷한 것이 있다고 했다. 금고를 방 안에 남기고픔. 자신은 없어지고 싶음. 절대 아무도 풀 수 없는, 예측할 수 없는 비밀번호를, 몇십 자리짜리 비밀번호를 설정해 두고 싶음. 아무도 열 수 없지만 계속해서 시도하다가 절망하고 포기하고야 마는 금고를 남기고 싶음.

이삭은 처음으로 이리리와 자신이 비슷하다고 느꼈다. 그리고 편안했다. 비슷한 사람과 있다는 게 어떤 느낌인지, 살면서 처음 발견한 탓에 조금 울렁거리기까지 했다. 조금 울 것 같았지만 울지 않았다.

"오늘은 왜 손님이 없냐."

"없는 게 낫지."

"그래도 심심한데……. 번갈아 질문하고 대답하기 할까."

이삭은 눈을 굴리며 으음, 입소리를 냈다. 고민 중이었다. 누군가를 궁금해 본 적도, 누군가에게 질문을 받는 것도 모두 낯설었다.

"그냥 해. 고민하지 말고."

"…그럼 너부터 해."

"좋아하는 색은?"

"흰색. 너는?"

"야, 너 생각하기 싫어서 나 따라하는 거지."

"진짜 궁금한 거야."

어깨를 으쓱, 올렸다 내리자 이리리가 약 오른다는 듯이 보라색, 하고 대답했다.

"좋아하는 음식."

"김밥. 넌?"

"아이스크림. 좋아하는 노래는?"

"없는데……. 너는?"

"오아시스 노래. 야, 그만하자."

이리리가 손을 내저으며 독하다, 독해, 덧붙였다. 이삭은 그 모습이 재밌어서 웃었다.

"진짜 궁금한 거 있어. 생일 언제야?"

"이제야 질문이 생각나냐? 나 봄에 태어났어. 3월 29일. 너는?"

"8월 16일."

"뭐?"

이리리는 눈이 커진 채로 휴대폰으로 날짜를 확인했다. 이삭도 그제야 깨달았다. 아, 그저께였구나. 한 달 전부터 우편함에 꽂혀 있었지만 뜯어보지 않았던 주민 등록 발급 통지서를 떠올렸다. 이삭은 열어 볼 엄두가 나지 않았다. 그래, 무서웠다. 할머니가 문을 잠그고 일하러 갔을 때처럼 무서웠다. 이 문이 갑자기 열려도, 영영 열리지 않아도 어둠뿐일 것이다. 어린 이삭도, 만 17세가 된 이삭도 알고 있었다. 이상한 기분. 이삭은 울렁거림을 느꼈다.

"너는 왜 그런 걸 말을 안 해? 끝나고 시장 가자."

"시장? 왜?"

"손님 왔다. 이따 얘기해."

이리리는 냉동고에 코를 박은 어린아이에게 다가가 무슨 맛 줄까요? 물었다. 이삭은 이어폰을 꼈다.

버스에서 내리자마자 이리리는 이삭을 끌고 사진관으로 들어갔다. 터미널 바로 옆에 있는 허름하고 오래된 사진관을 이용하는 애들은 없었다. 모두 버스를 한 시간씩 타고 나가 세련되고 깔끔한 스튜디오에서 사진을 찍었다. 이삭은 유치원, 초등학교, 중학교, 고등학교 입학에 필요한 모든 사진을 여기서 찍었다. 현대 사진관. 사진사는 이삭을 알아보고 반가워했다.

"이삭이 오랜만이다. 키가 더 컸네?"

이삭이 쑥스러워하며 옆에서 싱글싱글 웃고 있는 이리리를 바라봤다.

"아저씨, 얘 이제 민증 만들어야 돼요. 그거 사진 찍으러 왔어요."

"벌써 민증을 만들어? 이야……. 진짜 쪼그맸는데."

사진사는 잠깐 먼 곳을 바라봤다. 눈가가 축축해진 것 같다고, 이삭은 느꼈다.

"근데 이 차림으로 찍는 건 안 되겠다."

이삭은 벽에 걸린 거울에 비친 자신을 봤다. 누렇게 바랜 흰 티셔츠에 눈가에 남은 멍. 입술은 바닷바람 때문에 여름임에도 터 있었다. 처음으로 거울을 본 사람처럼, 이삭은 자신이 낯설었다. 이렇게 고단해 보이는 표정을 짓고 있는지도 몰랐다. 사진사는 어디선가 흰 셔츠를 찾아와 이삭에게 건넸다.

"예쁘게 입고 찍어야지. 머리도 좀 만져야겠다. 앉아 봐."

이삭은 얼결에 거울 앞에 앉았다. 셔츠를 입고 천천히 단추를 채우는 동안 사진사는 손에 헤어 왁스를 묻혀 직접 머리칼을 만져 줬다. 부스스하고 축 가라앉았던 곱슬머리가 봉긋하게 되살아났다. 이리리는 가방에서 립밤을 꺼내 이삭의 입술에 발라 주었다. 끈적끈적한 느낌에 고개를 돌리자 가만히 있어! 하고 짜증을 냈다. 그 짜증에는 웃음기가 섞여 있었다. 붉은색이 섞인 립밤을 바른 이삭은 어쩐지 민망해서 거울 속 자신을 바라보지 못했다. 사진사는 셔츠 깃을 정리해 줬고 이리리는 컨실러를 꺼내 다크서클과 멍을 가렸다.

"아저씨, 이 정도면 될까요?"

"응, 됐어. 나머지는 포토샵으로 하면 돼."

둘은 전에 알던 사이처럼 손발이 잘 맞았다. 이삭은 다 됐다는 말에 거울을 봤다. 생기 있어 보이고 단정해 보이는 이삭. 이삭 귀하, 라고 적힌 우편물에 어울릴 것 같은 모습이었다. 이리리와 사진사는 이렇게만 해도 모델 같다며, 잘생겼다며 치켜세웠다. 카메라 앞에 앉아 여러 번 사진을 찍었다. 미소 지었다가, 눈을 크게 떴다가, 턱을 당겼다가. 이리리는 사진사 옆에서 엄지를 치켜들었다.

사진사는 프린트한 사진을 작두로 잘라 봉투에 담아 줬다. 그리고 손바닥만 한 크기의 사진 한 장을 내밀었다.

"생일이었다며. 여자친구가 알려 주던데?"

이리리가 여자친구 아니에요, 하며 이삭에게 다가왔다. 이삭이 고개를 반쯤 돌리고 웃고 있는 사진이었다. 사진사가 한 농담을 듣고 웃음이 터졌던 순간에 찍힌 사진이었다. 자연스럽다. 이삭은 생각했다. 소설 속에서나 봤을 법한 마을에서 사랑받고 자란 것 같은 소년의 얼굴이었다. 장래를 고민하고 좋아하는 것이 있고 고민을 털어놓을 친구가 있는, 흔하고 흔한 소년. 또 한 번 울렁거렸다. 이삭은 옆에서 예쁘게 잘 나왔다, 하는 이리리를 보고 어떤 표정을 지어야 할지 몰라서 고개를 푹 숙였다.

"자, 다음 코스로!"

이삭은 다시 이리리에게 끌려갔다. 룸이 있는 고깃집이었다.

섬에서 가족 외식이나 회식을 하러 가는 곳이었다. 여러 가지 반찬을 가져다주고 벨만 누르면 모든 것을 새로 채워 주는 곳. 이삭이 일했던 식당이 관광객 대상이었다면, 여긴 현지인들이 기분을 내러 오는 곳이었다. 이리리는 양념갈비와 공깃밥 두 개를 주문했다. 이삭은 입만 벌린 채로 눈을 깜빡였다.

"너 돈 있어?"

"응, 알바했잖아."

이리리는 아무렇지 않다는 듯 밑반찬을 먹으며 고개를 끄덕였다.

"금고 산다며."

"알아서 할게. 너 천엽 먹어?"

"그게 뭔데."

"야, 완전 맛있어. 먹어 봐."

이삭은 걸레를 잘라 놓은 것처럼 생긴 천엽을 입에 넣었다. 이리리는 소의 내장 어디라고 설명했다. 식감은 물컹한 듯 꼬들꼬들했고 딱히 특별한 맛이 나지는 않았다. 이삭은 고개를 저으며 안 먹겠다고 말했다. 이리리는 소리 내 웃었다. 얼마 지나지 않아 고기가 나왔다. 이리리는 서툴게 불판 위에 고기를 올렸다. 이삭이 집게와 가위를 달라고 했지만 말을 듣지 않았다. 가위질 역시 서툴렀다.

"너 한 번도 안 해 봤지."

"어, 태어나서 처음이야."

"고기도 비싼데 태우지 말고 그냥 내가 하게 해 줘."

"야, 원래 생일인 사람은 그냥 받기만 하는 거야."

이리리는 겉은 타고 속은 좀 덜 익은 고기 조각을 이삭의 접시에 가득 담아 주었다. 이삭은 더 토 달지 않고 천천히 먹었다. 밑반찬들도 조금씩 먹었고 함께 나온 공깃밥과 된장찌개도 맛있게 먹었다. 이리리도 함께 열심히 먹으며 이삭을 보고 웃었다. 뭐가 좋은 건지. 왜 내 생일에 네가 신난 건지. 알 수 없었지만 그것도 괜찮다고, 이삭은 생각했다.

후식 냉면이 나왔다. 이리리는 자신 몫의 달걀 반쪽을 이삭의 그릇에 옮겼다. 고맙다고 말하고 묵묵히 먹었다. 언젠가 아빠가 불쑥 찾아와 할머니와 이삭을 중국집에 데려간 날이 있었다. 탕수육에 짜장면을 시켜 놓고 아빠는 소주를 마셨다. 할머니는 먹는 내내 아빠를 타박했다. 아빠는 웬일인지 할머니에게 덤비지 않고 술만 마셨다. 이삭은 눈치를 보느라 먹는 속도가 뒤처졌다. 결국 할머니를 견디지 못한 아빠가 자리에서 일어서며 다 먹었으면 얼른 일어나라고 다그쳤다. 이삭은 그날 밤에 먹은 것을 죄다 토하고 며칠간 물만 간신히 넘겼다. 그날은 이삭의 생일 전날이었다. 그걸 할머니랑 아빠가 아는지, 이삭은 알지 못했다.

"어우, 배부르다. 다 먹었어?"

이삭이 고개를 끄덕였다. 이리리는 먼저 일어나 자연스럽게 계산을 하고, 카운터 위의 박하사탕을 입에 넣었다. 뒤따라오는 이삭의 손 위에도 하얀 마름모꼴 사탕을 올려 주었다.

"얼마 나왔어? 줄게."

그 말에 이리리는 이삭을 돌아보며 인상을 찌푸렸다.

"생일 선물이야. 그냥 받아도 돼."

이 섬에서 나고 자란 건 이삭인데도 이리리의 발걸음이 더 가벼웠다. 제과점에 들어가 조각 케이크를 사고, 야트막한 산과 국도가 만나는 지점에 있는 공원으로 갔다. 이삭은 그 뒤를 졸졸 쫓아다녔다. 여기 살면서 한 번도 이런 식으로 움직여 본 적이 없다는 것을 깨달았다. 공원은 한적했다. 열대야 때문에 사람들은 밖으로 나오지 않았다. 이리리는 벤치에 앉아 조각 케이크에 초를 꽂았다. 성냥으로 불을 붙이고 이삭에게 빨리 와 앉으라고 했다. 이삭은 손바닥으로 작은 불꽃이 꺼지지 않게 바람을 막는 이리리의 모습이 정말이지… 낯설었다.

생일 축하합니다, 생일 축하합니다. 사랑하는 이삭의 생일 축하합니다.

이리리는 잔뜩 신이 난 목소리로 노래했다. 노래 끝에는 손뼉을 쳤다. 이삭은 자신 앞에 놓인 1과 8 숫자 초 위에서 불꽃이 일렁이는 것을 바라봤다.

"빨리 불어! 촛농 떨어져!"

그 말에 이삭이 후, 불어 촛불을 끄려고 하자 이리리가 이삭의 입을 막았다.

"소원은 빌어야지."

이삭은 일단 성당에서 기도하듯 두 손을 모았다. 이리리는 휴대폰을 들어 그런 이삭의 모습을 찍고 있었다.

"이리리."

"응?"

"내 생일인데 네가 왜 이렇게 신났어."

"네 생일이니까 신나지. 난 네가 태어나서 좋아."

더는 묻지 않고 눈을 감았다. 손에 힘을 주고, 감은 눈에도 힘을 주고 간절하게, 아주 간절하게 이삭이 빌었다. 이리리가 죽지 않아도 되게 해 주세요.

《백 년 동안 숨바꼭질》의 빼논은 빼웅이 아직 자신을 찾고 있을지도 모른다는 생각에 길을 나선다. 백 년이 지났음에도 빼논은 빼웅을 믿는다. 자길 찾아내겠다고 했으니 세상 구석구석을 뒤지고 있을 거라고. 그렇다면 자기도 구석구석 뒤져 빼웅을 찾아내겠다고. 이삭은 빼논이 길을 떠나는 부분까지 읽었다. 이리리를 위해 기도하고 있자니 그 뒷모습이 눈앞에 그려지는 듯했다.

후, 입바람을 불자 주변이 어두워졌다. 눈을 뜨자 케이크와 제법 녹아내린 초, 여전히 휴대폰 뒤에 있는 이리리가 보였다. 순간 차 한 대가 천천히 지나가며 헤드라이트 불빛에 주변이 환해졌다. 이삭의 마음 한가운데에 잘했다, 라는 말이 문득 떠올랐다. 이리리와 가까워지길 잘했다. 이리리에게 아르바이트 자리를 소개하길 잘했다. 친해지길 잘했다… 사라지지 않길 잘했다. 무언가 목에 걸린 것만 같았다.

"너 혼자 다 먹어."

이리리는 케이크를 다시 상자 안에 넣었다. 이삭은 고개를 끄덕였다. 나만의 케이크. 내 생일을 위해서 산 케이크. 저 멀리서 검은 하늘에 불꽃이 수놓아졌다가 사그라들었다. 이삭은 처음으로 폭죽의 소음과 너무 밝은 빛이 거슬리지 않았다. 멍하니 밝아졌다가 어두워지는 하늘을 바라보자, 이리리가 가방 안에 손을 넣었다.

"우리도 하자."

"언제 샀어?"

"사긴 뭘 사. 알바생 특권 좀 누렸어."

스파클링 폭죽 한 움큼이 이삭의 손에 들어왔다. 이리리는 아까 쓰고 남은 성냥으로 불을 붙였다. 폭죽은 금세 치지직 소리를 내며 환하게 빛났다. 불꽃이 여기저기로 튀자 삭막해 보였던 막대기가 마법 지팡이처럼 보였다. 이삭이 환하게, 입꼬리를 올리고 이를 드러내며 웃었다.

"어, 웃었다!"

이리리도 함께 웃었다. 둘이 막대 하나가 다 타들어 가기 전에 새 폭죽에 불을 옮겨 붙였다. 차 몇 대가 지나가고 오토바이 몇 대도 지나갔다. 그때 빛이 묻히는가 싶었지만 이내 다시 어두워지고, 이삭과 이리리가 손에 꼭 쥔 빛만 남았다.

"괜찮은 거 같아."

문득 이리리가 말했다. 이삭은 그 말을 속으로 여러 번 되풀이했다. 괜찮은 것 같아. 괜찮은 것 같아.

"네 생일에도 이렇게 해 줄게."

이삭은 자기가 말하고도 놀라서 입을 굳게 다물었다. 이리리는 말이 없었다. 마지막 폭죽이 다 타 버렸다. 손을 털고 벤치에서 일어났다. 이삭도 묵묵히 일어나 다 탄 막대를 주웠다. 누군가에게 무언가를 해 주고자 하는 마음이 이리리한테서 옮은 것 같았다.

"기대할게."

뒤에서 답이 들려왔다. 이삭은 고개를 돌려 이리리를 봤다. 빈 말이 아니구나. 공원은 다시 어둡고 조용해졌다. 그러나 이삭도 이리리도 무서워하지 않았다.

8

이리리는 차창 너머로 보이는 파란 하늘이 문득 무서워졌다. 엄마는 갑자기 연차를 냈고, 이리리와 섬에서 한 시간 넘게 걸리는 인근 도시에 가겠다고 했다. 빠져나가려고 이런저런 핑계를 댔지만, 통하지 않았다. 이삭에게 못 갈 것 같다며 미안하다고 메시지를 보냈다. 이삭은 휴가철 끝물이라 혼자서도 괜찮다고 답장했다.

"요즘 뭐 재밌는 거 없어?"

신호에 걸린 틈을 타서 엄마가 물었다. 이리리는 볼 것 없는 SNS 피드를 내리며 공부 말고는 다 재밌다고 대답했다. 이어서 엄마를 보며 씩, 웃기까지 했다. 저녁마다 해야 하는 연기를 차에 갇혀서 하고 있자니 가슴이 답답해졌다. 이리리가 페트병의 물을 한 번에 다 마시는 것을 보곤 엄마는 눈을 빠르게 깜빡였다.

"학교 수업은 어때? 보충 수업이라고 해서 설렁설렁 가르치는 건 아니지?"

"학원 왔다 갔다 하며 시간 버리는 것보다 나아."

엄마는 잠시 말이 없었다. 차가 다시 출발했다.

"…그래, 엄마는 리리 그런 점이 자랑스러워. 깔끔하고 정확한 거."

"그래? 내가 깔끔하고 정확해?"

"넌 절대 낭비 같은 거 안 하는 애잖아."

엄마의 말이 단단하게 이리리의 가슴을 툭 쳤다. 저렇게까지 확신하고 있다고? 이내 고개를 끄덕였다. 그래, 그렇게 확신하니까 날 밀어낼 수도 있는 거지.

"엄마 닮았나 봐. 깔끔하고 정확하고 낭비 없는 거. 아빠는 좀 덜렁대잖아."

늘 하던 방식이었다. 괜히 아빠 흉을 보거나 말투를 따라 하면 엄마는 그러는 거 아냐, 하면서도 소리 내 웃었다. 흘끗, 엄마를 바라보았지만 웃지 않았다. 운전대를 지나치게 꽉 쥐고 있었다. 이를 꽉 물고 있는 것이 드러날 정도였다. 뭐지? 이리리는 이렇게 긴장한 엄마의 모습을 본 적이 없었다. 엄마는 여유롭고 확신이 있는 사람이었다. 딸이 레즈비언이라는 것에 화를 내지도, 걱정하지도 않았다. 책 한 권만 읽으면 자신의 똑똑한 딸이 생각을 바꿀 것이라고 믿는 사람이었다. 집안의 규칙을 정하는 건 대

부분 엄마였다. 아빠의 고집을 꺾는 건 일도 아니었다. 이리리는 가끔 그게 조금 낯설기도 했다. 허들에 걸려 본 적 없는 것만 같은 엄마가 모든 것을 긍정적으로 바라볼 때, 자신만은 그 시선을 빗겨 나갈까 봐 무섭기도 했다. 초등학교 때였다. 이리리는 문제집을 풀다 어려운 수학 문제와 마주하게 됐다. 한 시간 동안 혼자 한 문제를 붙잡고 풀어 보려 애썼다. 하지만 문제는 풀리지 않았고, 이리리는 울기 시작했다. 엄마는 이리리가 다 울길 기다렸다가 말했다. 넌 풀 수 있어. 못 풀까 봐, 틀릴까 봐 겁나서 자꾸 실수하는 거야. 이리리, 울지 말고 생각해. 어디서부터 잘못됐는지. 울지 말고 생각해. 한동안 그 말은 이리리의 내비게이션이 되어 주었다. 그러나 더는 생각하고 싶지 않았다. 차가 국도에서 시가지로 들어섰다. 방지턱 하나를 넘는 순간, 이리리는 두려워졌다. 정신 병원에 입원시킨다면? 교회에 나를 던져두고 가 버린다면? 숨이 잘 쉬어지지 않았다. 눈물이 나올 것만 같았다. 엄마는 아무 말도 하지 않고 운전만 했다. 당장이라도 차 문을 열고 뛰어 내려야 할까. 아니, 그러다 일이 꼬이면 정말 입원하는 수밖에 없어. 그렇지만 왜 지금이지? ▋▋이 엄마를 만났나? 왜? 떠오르는 여러 가정을 억누르며, 이리리는 조용히 이삭에게 메시지를 보냈다.

이삭에게 금방 전화가 왔지만 받지 않았다. 엄마는 진동 소리에 이리리를 한 번 보고는 차를 주차했다. 이리리는 심호흡을 몇 번 하고 차에서 내렸다. 눈앞에 보이는 것은 큰 건물 한 채였다. 층층이 병원이 들어선 빌딩이었는데, 정신 건강 의학과도 한 곳 있었다. 3층. 입원이 내 동의 없이 바로 되나? 입원실이 그냥 작은 병원에도 있는 건가? 지금 검색해 볼까? 이리리는 주먹을 꽉 쥐고 엄마를 따라 들어갔다. 엄마는 엘리베이터 버튼 가까이로 손을 옮기고 있었다. 올바른 층수를 찾아 움직이는 그 손가락을 보고 있자니 머리가 하얘지는 것 같았다. 4층. 이리리가 갇혀 있던 숨을 작게 터뜨렸다. 그것도 잠시였다.

산부인과.

첫 생리를 열세 살에 시작한 이후, 엄마는 매년 겨울이 되면 이리리와 함께 산부인과에 왔다. 자기 몸을 건강하게 챙겨야 한다며 부끄러울 게 없다고 했다. 지금부터 병원 가는 버릇을 들여야 커서도 혼자 잘 갈 수 있다고 이리리에게 알려 주었다. 이리리는 산부인과가 무섭지 않았다. 그러나 올해 1월에 이미 정기 검진을 마쳤다. 이리리의 생리 주기가 불규칙하고 양이 들쑥날쑥했지만 엄마에게 말하지 않았다. 엄마는 한결 편안해진 얼굴로 이리리를 돌아봤다.

"들어가자."

왜냐고 묻고 싶었지만 입이 떨어지지 않았다. 대기실 소파에 나란히 앉아 있음에도 이리리는 엄마를 향해 고개를 돌릴 수 없었다. 금방이라도 입을 벌려 자신을 삼켜 버릴 것 같았다. 왜 겨울에 갔던 연구소 근처의 병원이 아닌 걸까. 울고 싶었다. 울 것 같았지만, 어떤 힘이 중력을 이기고 눈물방울의 끝과 끝을 옆으로 길게 늘이는 것만 같았다. 수평이고 직선이라서 흐르지 않는 눈물. 간호사는 이리리를 불렀고, 전과는 다르게 엄마와 함께 진료실로 들어갔다.

의사는 기본적인 질문을 했다. 이리리는 최대한 아무렇지 않게 생리 주기와 생리 양의 변화를 설명했다.

"성 경험 있나요?"

이리리는 엄마를 바라봤다. 원래는 프라이버시를 지켜 준다며 들어오지 않았는데. 엄마는 이리리를 빤히 바라보고 있었다. 무언가를 참을성 있게 기다리는 사람의 눈빛이었다.

"없어요."

이 모든 상황이 겁나면서 화가 치밀기 시작했다. 아무것도 설명하지 않는 건 엄마의 방식이 아니었다. 엄마는 육아 프로그램을 보며 문제 많은 부모를 향해 이렇게 말하고는 했다. 저것 봐, 애를 소유물처럼 다루잖아. 아이를 동등한 인격체로 대해야지. 그게 당연한 거야. 하지만 엄마는 텔레비전 속 그 부모와 다를 게 없다고, 이리리는 생각했다. 의례적인 진료와 검사가 끝났다. 의사는 스트레스가 원인이고 철분 수치가 너무 떨어져 있다며 식사를 더 잘해야 한다고 했다. 철분제와 칼슘제를 꾸준히 챙겨 먹을 것을 당부했다.

"먼저 나가 있어."

엄마가 이리리를 차갑게 바라봤다. 내 진료는 끝났는데 왜? 이리리는 되묻지 않고 나왔다. 진료실 맞은편 벽에 등을 기대고 엄마가 나오길 기다렸다. 이 모든 것을 설명해야 할 거야. 그걸 듣고 화를 내든, 수긍하든 하겠어. 얼마 있지 않아 문이 열렸다. 엄마는 따라 나오는 의사를 돌아보며 살가운 목소리로 말했다.

"고마워, 다음에 밥 한번 먹자."

"조심히 가, 언니. 쓸데없는 걱정 말고."

의사 역시 엄마에게 살가운 인사를 건넸다. 엄마와 이리리의 눈이 마주쳤다. 이리리는 뒷걸음칠 곳이 없어서 벽에 더욱 붙었다. 웃고 있어. 원래 엄마로 돌아왔어. 엄마는 이리리의 팔짱을 끼고 접수처로 가 수납을 마쳤다. 엄마는 병원 분위기도 좋고 의사도 지인이라 훨씬 좋은 것 같다며, 산부인과는 여기로 다니자고 살갑게 말했다. 진료실 안에서 무슨 말이 오갔는지는 이야기하지 않았다. 엄마는 쇼핑몰로 차를 몰았다. 이리리의 입은 떨어지지 않았다. 이해할 수 없고 파악되지 않는 순간들이 계속됐다. 스포츠 브랜드의 슬리퍼와 운동화, 가을에 입을 만한 맨투맨 티셔츠, 후드 티셔츠, 주머니가 많이 달린 백팩, 양말 세트까지 샀다. 그걸 고른 건 모두 엄마였다. 이리리가 필요 없다고 말했지만 엄마는 듣지 않았다. 드러그 스토어에 들러서는 틴트와 아이브로 펜슬, 톤 업 선크림, 수분 충전 어쩌고저쩌고한다는 스킨부터 크림까지 샀다. 두 사람의 손에는 쇼핑백이 주렁주렁 들렸다. 식당가에서는 특 모듬초밥 두 개와 냉메밀을 시켰다.

"아무리 체중 조절 중이라지만 잘 먹어야지. 엄마가 신경 못 써 줘서 미안."

엄마는 자신 몫의 장어초밥을 이리리의 접시에 옮겨 줬다. 간신히 냉메밀을 조금 먹은 이리리가 젓가락을 내려놨다.

"더 먹어야지. 초밥은 손도 안 대고."

"뭐야?"

"뭐가?"

"엄마 오늘 나한테 아무 설명도 안 해 줬어. 병원은 왜 데려갔어? 1월에 검진했잖아. 왜 오늘은 진료실에 계속 있었어? 나 내보내고 의사랑 무슨 얘기했어? 필요 없다는 건 왜 사 줘?"

젓가락이 탁, 하는 소리를 내며 식탁 위에 가지런히 놓였다. 엄마는 티슈로 입가를 닦고는 긴 한숨을 내쉬었다.

"일단 밥 먹고 얘기하면 어떨까?"

"밥이 넘어가게 생겼어? 물만 마셔도 체할 것 같아."

이리리의 목소리가 커지자 엄마가 앞으로 쏠린 머리칼을 쓸어 올렸다. 피로와 분노는 종종 구분되지 않는 표정을 짓게 했다. 여전히 엄마가 자신을 어떻게 할지 모른다고 생각했지만 이리리는 주먹을 더 세게 말아 쥐고 똑바로 말했다.

"쪽팔린 얘기면 차에 가서 해. 근데 엄마, 난 한 번도 엄마한테 쪽팔릴 일 안 했어."

둘은 음식을 거의 다 남기고 나왔다. 주차장까지 가면서 누구도 입을 열지 않았다. 차 뒷좌석에 쇼핑백을 던져 놨다. 이리리는 거칠게 안전띠를 맸다. 엄마의 표정은 다시 차가워졌다. 차가 시가지를 벗어나 국도에 들어서자 엄마에게 입을 열었다.

"그 남자애 뭐야."

"남자애?"

이리리는 인상을 찌푸리며 엄마를 봤다.

"그제 밤에 공원에서 같이 있던 남자애."

"……."

"사귀니?"

"아니야."

"사귀는 것도 아닌데 둘이 그 밤에 붙어 있어? 괜찮은 애는 맞아? 거기 애들 중에 괜찮은 애가 있기는 해?"

"어떻게 알았어?"

"말 돌리지 마. 지금 그게 중요해?"

이리리는 누군가 저 밑으로 자신을 끌어당기는 것 같았다. 머리 끝에서 발끝까지 돌고 있던 피가 순식간에 싹 말라 버린 것 같았다. 나 여자 좋아한다고 했잖아, 하는 말이 차올랐지만 엄마에게 이미 그 말은 없던 일이 됐다.

"거기가 얼마나 좁은 동네인지 몰라? 행실 함부로 했다간 무슨 말이 도는지 아느냔 말이야, 너."

"…공원에서 얘기 좀 했어. 그게 행실 얘기까지 나올 일이야?"

"그럼 너 보충 안 나간 건 어떻게 설명할래. 뭐? 캠프? 학원 간다고 빠져? 엄마 아빠한테 그랬지, 네가. 친구들이랑 더 시간 보내고 싶으니까 학원 말고 학교 다니게 해 달라고. 절대 성적에 문제없게 하겠다고. 이건 그럼 무슨 행실이야. 어른들 다 속이고 너 대체 어디서 뭐 하는 건데?"

갑자기 차 한 대가 끼어들었다. 엄마는 주먹으로 클랙슨을 내리쳤다. 커다란 소리에 놀란 이리리의 입이 굳어 버렸다. 피가 돈다는 감각이 없으니 사실 지금은 죽어 있는 것과 마찬가지였다. 말하지 못하는 건 당연했다.

"안 그랬잖아, 리리야. 너 이런 애 아니잖아. 무슨 일 있었어? 그래서 그런 거야? 남자친구 사귀니까 들떠서 그래? 대체… 리리야, 너 지금 망가지고 있는 거야. 걔가 너 망치고 있는 거라고. 정신 차려. 정신 차리고 생각 좀 해."

살아날 수가 없었다. 한번 말라 버린 피는 금세 돌아오지 않았다. 이리리는 말아 쥔 손끝이 차가워지는 걸 느꼈다. 바로 앞에서 찬바람을 뿜어내는 에어컨이 괴물처럼 느껴졌다. 모든 게 처음부터 잘못된 풀이를 보는 것만 같았다. 애초에 문제를 잘못 옮겨 적어서, 아무리 잘 풀어도 결국은 잘못 푼 게 되는 일. 이삭은 남자친구도 아니었고 처음 사귄 사람도 아니었다. 들뜨지도 않았다. 예전에, 엄마 아빠에게 처음 말을 꺼냈을 무렵부터 망가지고 있었다. 이미 망가졌다. 이리리는 어디서부터 말해야 할지 몰라서 입만 뻐끔거렸다.

"내가 왜 그랬는지 정말 궁금해?"

"그래. 엄마한테 말 좀 해 줘."

"엄마……. 정말 아무것도 몰라?"

"몰라, 엄마는 모르겠어. 그러니까 말 좀 해 줘."

"엄마 때문이잖아."

차가 급정거했다. 어느새 빨간불이었고 차 앞에 얼어붙은 남자가 삿대질하며 욕을 해댔다. 이리리는 그 남자가 부러웠다. 소리

지르며 화내기에는 지쳐 있었다.

"엄마 아빠가 망친 거야. 진짜 모르겠어?"

"뭐라고?"

신호가 바뀌어도 출발하지 않자 뒤차들이 클랙슨을 울렸다. 엄마는 갓길에 차를 세우고 이리리 쪽으로 몸을 돌렸다. 이리리는 울지 않았다. 엄마를 돌아보지 않고 앞에 펼쳐진 새파란 하늘과 적란운을 바라봤다.

"날 망치는 건 엄마랑 아빠야. 미치게 하잖아. 내가 여자 좋아한다고 할 때 그렇게 무시했으면, 남자애랑 있으면 좋아해야 하는 거 아냐? 뭘 바라는 거야? 엄마가 원하는 게 뭐야? 엄마가 한 질문은 전제부터 잘못됐어. 엄마야말로 생각 좀 해. 방에 책 한 권가져다 놓으면 내가 다른 사람이 될 것 같았어?"

"리리야."

엄마가 리리의 주먹을 두 손으로 감싸 쥔 채 눈물을 흘렸다. 알고 있었지만 이리리는 고개를 돌리지 않았다.

"엄마가 어떡하면 될까? 어떡하면 네가 마음이 편하겠어? 엄마말은… 너 지금 사춘기니까, 불완전하니까, 여자를 좋아한다고 느낄 수도 있다는 거야. 나중에 생각해 보면 또 다를 거라는 말이야. 극단적으로 목매지 말고, 응?"

날 어딘가에 목매다는 건 엄마인 줄 모르고. 내가 어리기 때문에 착각하는 걸 거라는 말이 부정하는 것보다 더 나쁜 줄 모르고. 자기 딸로만 남아 달라는 말이 얼마나 잔인한 건지도 모르고.

"…도서관에서 내려 줘. 빌릴 책 있어."

당장이라도 밖으로 나가 무작정 걷고 싶었지만, 이리리는 깊은 숨을 내쉬며 차창에 머리를 기댔다. 엄마도 다시 핸들을 잡았다. 운전하는 내내 훌쩍거리긴 했으나 이리리를 건드리지는 않았다. 이리리는 멀미를 모르는 체질이었지만, 속이 울렁거리는 느낌이었다. 이건 속이 아니야. 말이지. 말이 울렁거렸다. 엄마가 라디오를 켰고 거기선 엄마가 좋아하는 노래가 나왔다. 이리리에게도 익숙한 곡이었다. 어릴 때 엄마 옆에서 정확하지 않은 발음으로 따라 부르곤 했다. 이리리는 슬펐다. 엄마가 우는 게 괴로웠지만, 엄마에게는 단지 그것뿐인 문제였다. 자기만 목숨을 떼었다 붙였다 하는 문제였고 그 사실이 이리리를 슬프게 만들었다. 사거리를 지날 때 문득, 엄마가 미워! 소리 지르고 싶었다. 낯선 차 한 대가 앞자리에 끼어들면, 그래서 엄마가 잠시 운전을 멈추면, 이리리는 엄마에게 자기를 알아 달라며 빌고 싶어질 것이다. 하지만 끼어드는 차 따위는 없었다. 도로를 주행하는 차들은 신호와 규칙에 맞춰 굴러가고 있었다.

다시 섬에 들어서고 도서관이 보였다. 차는 점점 속력을 늦췄다.

"엄마, 내가 불완전해?"

"응, 근데 그 나이에는 다들 그래."

이리리는 작게 웃었다. 울렁거리고 토할 것 같은 말들이 잠잠해졌다. 내리기 전에 이리리는 잠시 엄마를 바라봤다. 눈가가 붉어진, 자신과 닮은 얼굴이 있었다. 이치를 누구보다 사랑하는 우리 엄마.

"내가 불완전해서 미안해."

엄마는 어떻게 대답할지 몰라 했지만, 이리리가 웃어 보이자 고개를 끄덕였다. 등 뒤로 차가 지나가며 더운 바람을 일으켰다. 이리리는 도서관 뒤로 천천히 걸어갔다. 물이 든 잔을 엎지 않으려는 것처럼, 조심스레 자리에 앉았다.

✉ 신고해? 진짜?
이리리

정확하게 두 시간 뒤였다. 이리리의 입에서 그제야 울음이 터졌다. 이삭에게 전화가 왔다. 이리리는 받고 나서도 무어라 말하지 못하고 울기만 했다. 이삭이 어디냐, 무슨 일이냐, 누구랑 있냐 물었지만 그저 울 뿐이었다.

"이삭, 나, 나……."

"어, 말해. 괜찮아. 괜찮아."

무슨 일인지도 모르면서 뭐가 괜찮다는 걸까. 눈물로 흐릿해진 시야로 손바닥에 남은 손톱자국과 멍이 보였다. 손 마디마디가 뻐근하게 아파 왔다.

"나 손바닥이 너무 아파……."

이리리는 엉엉 울었다. 소리 내서 울기 시작하자 쉽게 그치기 어려웠다. 엉엉, 갓 태어난 이리리. 엉엉, 수도 없이 넘어지고 일어서는 이리리. 엉엉, 울음이 터지면 어떻게 달래도 그치지 않는 일곱 살 이리리. 남자애가 다리를 걸어서 치마가 들추어진 채 교실 바닥에 엎어져 있는 이리리, 처음으로 자기가 어떤 사람인지 깨달은 이리리. 그리고 잦아드는 울음, 숨죽여 조용히 흐느끼는 소리. 그렇지만 결국 다시 엉엉, 손바닥이 너무 아픈 이리리. 방문객 몇이 창밖으로 고개를 내밀었고 이삭은 휴대폰 너머로 계속해서 말을 걸고 있었다. 하지만 답할 수가 없었다. 누군가 외쳤다.

"도서관에서 처우는 게 누구야!"

이리리의 입은 더 크게 벌어졌다. 윗입술과 아랫입술의 이음새가 찢어질 듯했다. 소리 지른 사람은 욕을 해 가며 이리리에게 꺼지라고, 가라고, 시끄럽다고, 조용히 하라고 했다. 달래 줄 사람을 찾던 것은 아니었지만, 몇 번이고 어렵게 참았던 울음이 소음이 됐다고 생각하니 이리리는 참을 수 없었다. 결국 누군가에게 피해를 줬구나. 울어 버린 자신을 벌하지 않으면 안 될 것 같았다.

화가 넘쳐서 눈물이 말라 버렸다. 한여름의 따끈한 아스팔트 바닥 위에서 이리리는 굳어서 떨어지지 않는 껌이 되었다. 어느새 전화는 끊겨 있었다. 이삭은 바쁠 거야. 내 몫까지 일하고 있겠지. 휴대폰 대기 화면에 빛이 들어왔다.

> ✉ 3-1번 버스 타고 가다가 바다 공원 정류장에서 내려. 내리자마자 보이는 길로 쭉 가다 보면 논이 나올 거야. 논이 보이기 시작하고 10분 더 걸으면 길 왼쪽에는 집터가 있고 오른쪽에는 큰 나무랑 그 밑에 있는 평상이 있어. 거기서 기다려. 금방 갈게.

바다 공원이면 섬의 끝자락이었다. 한 번도 가 본 적 없었다. 머뭇거리는 이리리를 어디서 보고 있기라도 하듯, 이삭에게서 메시지가 한 통 더 왔다.

> ✉ 진짜 금방 갈게.

이리리는 일어나서 바지를 털었다. 도서관 1층 화장실에서 세수를 하고 찬물에 손을 식혔다. 따끔거렸다. 정수기에서 물을 떠 마시곤 물기 묻은 앞머리를 옆으로 넘겼다. 도서관 앞 정류장에 버스 시간표가 붙어 있었다. 배차 간격이 한 시간 혹은 두 시간, 어떨 때는 세 시간인 곳이라 오래 기다려야 하면 어쩌나 싶었지만, 운이 좋았다. 7분 후에 버스가 올 것이고 타고 가다가 바다 공원 정류장에서 내리면 됐다. 이리리는 자기가 갈 곳을 또렷하게 떠올릴 수 있었다. 차가웠던 손끝에 피가 돌았다. 정수리가 여름 볕에 달궈지자 이리리의 눈꺼풀이 느리게 감겼다가 떠졌다. 말도 안 돼. 이럴 때 잠이 오다니. 버스에 탄 이리리는 창문에 머리를 기대고 잠시 잤다. 햇빛과 그림자가 눈 위를 지나갈 때는 꿈을 꾸는 것 같았다. 크레스파스로 그린 것 같은 풍경이 뒤섞였다 사라지고 다시 어디선가 나타났다. 이번 정류장이 바다 공원이라는 말에 반사적으로 벨을 눌렀다. 버스에서 내려 길을 걸었다. 눈꺼풀이 자꾸 감기려는 걸 억지로 참아 냈다. 푸른 논은 바람이 불 때마다 일렁거렸다. 바다 같다. 이리리는 이것도 꿈일까? 생각하며 걸었다. 힘없는 걸음걸이였다.

왼쪽에 집터. 오른쪽에 나무랑 평상.

이리리는 평상 위에 풀썩 누웠다. 햇빛이 비스듬하게 이리리를 비췄다. 잠이 몰려왔다.

꿈에는 ▩이 나왔다. 바다를 보며 앉아 있는데, 누군가 옆에 와 앉는 기척이 느껴졌다. ▩이라는 걸 직감적으로 알 수 있었다. 그 순간, 이게 꿈이라는 걸 단박에 알아챘다. ▩과 바다에 간 적은 단 한 번도 없으므로. 앞으로 갈 일도 없을 것이므로. 이리리는 ▩을 향해 고개를 돌리지 못했다. 그러면 ▩이 사라

134

져 버릴 것 같았다. 꼿꼿하게 등을 펴고 앉아 있는데 귓가에 █████
이 속삭였다.

뭐라고? 잘 안 들려.

고개를 돌린 순간, █████이 사라졌다. 그 자리에는 고모가 있었
다. 고모는 부드럽게 웃고 있었다.

"이리리!"

물에 잠긴 것처럼 무겁던 눈꺼풀이 바로 뜨였다. 걱정스러운 표
정을 한 이삭이 보였다. 이리리는 눈을 비비려다가 얼굴과 손바닥
이 따가워서 놀랐다.

"여기서 자고 있음 어떡해. 사람도 잘 안 지나다니는 곳인데."

이삭은 이온 음료 페트병을 이리리의 손에 들려 줬다. 차가웠
다. 이리리는 가만히 이삭의 눈을 들여다봤다. 아무것도 없던 눈
동자에 생기가 돈다고 하면 착각일까.

"미안해. 나 아무래도 안 되겠어."

"…안 되겠어?"

그 생기가 눈물처럼 보인다면 그것도 내 착각일까.

"응, 안 될 것 같아."

"전혀?"

"응, 전혀. 나, 고모가 살던 집에 갈 거야. 거긴 여기서 멀고 지
금은 아무도 안 사니까. 내가 죽고 나서도 한참 동안 아무도 발견

못 하겠지?"

"그걸 원해?"

"아니. 근데 사람들은 원하는 것 같아."

특히 엄마랑 아빠가. 내가 없었던 일이 되길 바라는 것 같아.

이리리는 그 말만은 하지 않으려고 꾹 삼켰다.

"난 아니야."

"……."

"같이 가. 마지막까지 괴로우면 네가 너무 외롭잖아."

이삭이 부드러운 손길로 이리리의 손바닥을 폈다. 네 개의 반달

모양 상처. 그 주위를 구름처럼 두르고 있는 멍.

"넌 떠나고, 난 사라지자. 너네 고모 집에서 서로 갈 길 가자."

이리리는 말을 잃었다. 순간 커다란 바람이 불었다. 머리끈이

끊기며 이리리의 머리칼이 사방으로 나부꼈다. 이삭은 놀라지 않

았다. 눈을 피하지 않았다. 넌 해파리 같은 사람이라 해류를 거스

르지 않는 걸까. 도착하게 되는 곳이 내 무덤일지라도.

"어디로 가면 되는지 찾아보고 알려 줄게."

전에 없이 단단한 목소리였다. 그런 목소리를 낸 건 이삭을 향

한 경고였다. 정말 죽을 거니까 자신 없으면 따라오지 마. 간절한

부탁이기도 했다. 정말 죽을 거니까 제발 따라와 줘.

"연락할게."

대답하는 목소리 역시 단단했다. 이삭은 페트병 뚜껑을 열어 이리리에게 건넸다.

"이것부터 마셔. 너 지금 부둣가에 말라붙은 불가사리 같아."

이리리가 소리 내서 웃었다. 이삭은 그 옆에 걸터앉아 병뚜껑을 손안에 넣고 주먹을 쥐었다. 보름달 자국이 찍혔다. 곧 개학이었다. 이리리와 이삭의 알바는 곧 끝날 것이고 하복에서 다시 춘추복으로 바꿔 입어야 했다. 끝날 것 같지 않았던 여름이 서서히 끝나고 있었다.

9

이삭의 키에 비해 좌석 등받이는 작았다. 어깨를 구부정하게 말고 창문에 머리를 대고 잠든 얼굴은 고단함이 느껴졌다. 섬에서 내륙으로, 내륙에서 다시 낯선 지역으로 가는 동안 해는 점점 높은 곳으로 옮겨 갔다. 해가 뜨기 전, 학교 갈 때 매던 가방에 단출하고 가벼운 짐을 싼 이삭은 평소보다 더 조심스럽게 걸음을 옮겼다. 현관에 쭈그리고 앉아 신발 끈을 다시 묶었다.

"넌 다시 이 집으로 돌아와서 여기서 똑같이 살아가게 될 거야."

잠든 줄 알았던 할머니는 어느새 이삭 등 뒤에 서 있었다. 이삭은 놀라지 않고 돌아봤다. 머리를 줄줄 길러서 둘둘 말고 다니는 미친 예수쟁이 노인네. 돈 욕심이 그득그득해서 제 자식한테 한 푼도 주지 않는 독한 노인네. 십자가를 이고 지고 등에 업고 다니는 하느님의 어린 양. 할머니를 설명하려는 사람들은 많았다. 이삭은 머리를 풀고 서 있는 작고 늙은 사람을 보며 잠시 생각에 빠졌다. 나에게 할머니는 뭐지?

할머니는 그렇게 살기 싫으면 얼른 들어오라고 말했다. 이삭은 움직이지 않았다. 대신 자리에서 일어나 발목을 움직이며 신발 끈이 발을 너무 조이지는 않는지 확인했다.

"징그러운 새끼. 징글맞게 지 애비 같은 새끼."

이삭은 눈에 핏발이 선 할머니를 가만히 내려다봤다. 이삭의 십자가는 할머니가 아니다. 이삭의 십자가는 이삭이다. 그러니 할머니의 십자가도 이삭이 아니다. 할머니는 엄마가 아니다. 그런 게 될 수 없는 사람이다. 할머니는 할머니도 될 수 없다. 이삭이 손자가 될 수 없는 것처럼. 그래, 할머니는… 영영 설명할 수 없는 사람이구나. 이삭은 혼자 깨닫고 가만히 고개를 끄덕였다. 그 모습이 할머니의 화를 부채질했다. 할머니는 손에 잡히는 것들을 이삭에게 집어 던지며 악을 썼다.

"내가 아무것도 모르는 것 같지? 구역장이 말해 주더라. 어울려 다니는 게 있다고. 그년도 너도 네 애비, 애미랑 똑같이 쓰레기처럼 살다가 쓰레기처럼 굴러올 거다. 나한테 핏덩이 떠맡기고 어디론가 가겠지……. 내가 너를 어떻게 키웠는데! 내가 너를 어떻게!"

바닥에 부딪치며 깨진 그릇 조각이 이삭의 얼굴로 튀어 올랐다.

눈매를 아슬아슬하게 피해서 상처를 남겼다. 얇은 선을 따라 피가 맺혔다. 아팠지만, 아프지 않았다. 그런 것쯤은 이삭에게 아무것도 아니었다. 옆에 내려 뒀던 가방을 메자 할머니는 쓰러지듯 주저앉았다.

"네가 나가면 나는 어떡하라고. 삭아, 삭아! 너 하나만 보고 산 할머니를 이렇게 모른 척하려고 그래? 삭아! 우리 이삭이! 너는 하느님 자식이야, 응?"

불안한 거겠지. 이삭은 울며 소리치는 할머니를 이해했다. 자신이 사라지면 후원이 끊길까 봐. 기초 생활 수급으로는 먹고 사는 것도 빠듯할 것이다. 할머니는 다시 일하기도 힘든 나이였다. 헌금도 제대로 내지 못하고 머릿기름도 살 수 없을 것이다. 지금 이삭에게 보이는 모습으로 시내를 돌아다닐지도 몰랐다.

"하느님 보시기에 부끄러운 줄도 몰라! 내가 널 그렇게 가르쳤어?"

작은 몸에서 우레와 같은 목소리가 났다. 이삭은 더는 무섭지 않았다. 뺨을 타고 흐르는 피를 손등으로 닦으며 뒤돌았다.

"하느님 눈에는 제가 안 보여서 괜찮아요."

한 번도 신의 자식인 적 없던 이삭은, 당분간 이 장면이 자신을 뒤쫓아 다닐 것임을 알 수 있었다. 그러나 집을 나온 발걸음은 가벼웠다. 달렸다. 논을 옆에 끼고 어스름이 가시고 있는 길을 달렸다. 빈집과 평상을 지났다. 이삭은 멈추지 않았다. 가방 안에서 동전끼리 부딪치는 소리가 났다. 여름의 새벽 공기는 달았다. 이삭은 코로 숨을 들이쉬고 내쉴 때마다 몸이 살아나는 것을 느꼈다. 늘 숨을 얕게 쉬어서 끝까지 자라지 못했던, 말려 있던 부분까지 펴지는 기분이었다. 식물과 같은 기분이었다. 짤랑짤랑. 성모와 아기 예수 그림 뒤에 붙여 놨던 봉투에 든 돈은 하염없이 모자랐다. 이삭은 이리리에게 생일날 받은 만큼 돌려주고 싶었다. 그래서 전날 밤 해변의 컨테이너를 털었다. 보조 열쇠를 가지고 있었으므로 컨테이너를 터는 일은 어렵지 않았다. 열쇠는 자물쇠를 푼 후 근처 풀숲에 버렸다. 금고에 남은 천 원, 5천 원짜리를 긁어모았다. 동전까지 전부. 갈비를 살 만큼은 아니었지만 이삭은 만족했다. 짤랑짤랑. 이삭은 숨이 찼다. 해가 서서히 뜨고 있는 하늘이 보였다. 떠난다는 건 이런 기분이구나. 어디로든 달려갈 수 있는 힘이구나. 이삭의 입에서 작은 웃음이 터져 나왔다. 비눗방울 터지는 소리만큼 작은 소리로 이삭이 웃었다.

기차가 덜컹거렸다. 설핏 잠들었던 이삭이 깨어났다. 이삭은 흐린 시야 사이로 가방을 꼭 끌어안고 있는 자신의 두 팔이 보였다. 창밖으로 섬과 달리 커다란 나무로 빽빽한 산이 지나갔다. 산은 끝나지 않았다. 압력 때문에 귀가 먹먹했다. 이삭은 귓바퀴를 만지작거렸다. 순간, 기차에 그림자가 졌다. 유리창에 비친 이삭의 입꼬리는 작게 올라가 있었다. 그 모습에 놀란 이삭의 몸이 잠시 굳었다. 웃고 있다. 웃는 자신을 목격한 이삭은 그것이 낯설었다. 낯설었고⋯ 마음에 들었다. 그래, 마음에 든다. 기차에 다시 빛이 비칠 때까지 거울처럼 창을 들여다봤다. 낯선 풍경과 낯선 자신의 얼굴을 기억하고 싶었다.

기차에서 내렸을 때는 이미 점심시간이 지난 후였다. 작은 역사는 한적했다. 플랫폼에 서자 크고 시원한 바람이 이삭을 훑고 지나갔다. 섬보다 건조하고 소금기가 없는 바람을 이삭은 조금 쌀쌀하다고 느꼈다. 역사 안에는 작은 분식집과 매점이 있었다. 어디에 이리리가 있을지 몰라 찬찬히 둘러보며 걸었다. 분식집 안에서 노인이 국수를 먹고 있었다. 조잡한 텔레비전 소리가 들리는 곳으로 고개를 돌리자 다닥다닥 붙은 의자 사이로 이리리의 뒷모습이 보였다. 이삭은 이리리가 저렇게 작았었나, 저게 이리리가 맞나 싶어 잠시 멈춰 섰다. 다가가 어깨를 두드리면 모르는 사람이 돌아볼 것만 같아 망설여졌다. 그때, 이리리가 기척을 느끼며 고개를 돌렸다. 자기를 빤히 보고 있던 이삭에게 환하게 웃음 지으며 왔어? 하고 손을 들어 보였다. 얼핏 보인 손바닥 안은 멍이 들어 있었고 이리리의 눈은 충혈되고 퉁퉁 부어 있었다.

우리는 떠나기 위해 이곳에 왔다.

이삭은 미처 잊고 있던 사실을 떠올렸다. 이리리는 일어서서 백팩을 메고 운동용 더플백 하나를 어깨에 걸쳤다.

"오면서 별일 없었어? 뭐 잃어버린 건 없고?"

작고 허름한 풍경에 어울리지 않는 새 에어컨이 찬바람을 뿜어냈다. 이삭이 고개를 끄덕였다.

"휴대폰은 잘 버렸어?"

다시 한 번 고개를 끄덕이자 이리리가 씩 웃었다.

"이런 건 말 잘 듣네."

어제 집으로 돌아간 이리리는 아무 일 없다는 듯 부모와 저녁을 먹었다. 엄마와 나란히 앉아 텔레비전을 봤다. 낮에 아무 일도 없었다는 듯 웃는 엄마를 보면서 자신이 누굴 닮았는지 다시금 깨달았다. 공부하겠다며 방에 들어가서는 가방을 챙겼다. 백팩은 원래 걸어 두는 곳에 뒀다. 더플백은 침대 아래에 숨겼다. 서랍 안 깊숙한 곳에 숨겨 뒀던 고모의 편지를 찾았다. 지도 어플을 켜고 주소를 입력했다. 거기까지 가는 두 개의 방법을 찾아 그중 하나를 이삭에게 전송했다. 경유지에서 휴대폰을 버려야 한다는 내용 역시 덧붙였다. 이삭에게서 온 답장은 두 개였다.

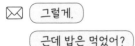

그럴게.

근데 밥은 먹었어?

더는 나오지 않을 것 같은 눈물이 흘렀다. 그러나 울지는 않았

다. 이리리는 씩씩하게 밥 잘 먹었다고, 벌써 짐도 다 쌌다고 답
장했다. 내일 따로 움직일 예정이니까 예상 시간보다 늦게 만나
게 되더라도 걱정하지 말라고 했다. 이삭에게 다시 한번 답장이
왔다.

✉ (걱정 안 해.)

　이리리는 그 답장 덕분에 하나도 무섭지 않게 됐다. 자신을 멍
하니 보는, 방금까지 기차에서 잔 듯 한쪽 머리가 눌린 이삭에게
다가가 어깨를 툭 건드렸다.
　"집으로 가자."
　이리리는 가 본 적 없는 곳이었다. 고모의 편지를 받고 상상만
하던 곳이었다. 이삭은 상상할 것도 없는 곳이었다. 그럼에도 이
리리는 집이라 불렀고 이삭은 고개를 끄덕였다. 버스 정류장은 역
사 맞은편에 있었다. 버스가 오기까지 30분이 남았다. 플라스틱
의자에 앉은 이리리는 연신 땀을 흘려대며 손부채질을 했다. 매미
가 시끄럽게 울었다. 나무가 많을수록 매미도 더 많은 걸까, 이삭
은 생각했다. 몸을 조금 움직이자 동전 소리가 났다. 이리리는 햇
빛 때문에 눈을 반쯤 감고 있었다. 주변에 보이는 가게도 없었다.
매점이라도 뛰어갔다 올까, 하며 두리번거리는 이삭의 눈에 자판

기가 들어왔다. 황량한 길가에 버스 정류장 하나와 자판기 하나. 동전을 꺼내 그 앞으로 갔다. 자판기는 오랜 시간 거기 서 있었는지 색이 바래 있었다.

"돈 먹는 거 아냐? 고장 난 것 같아."

어느새 따라온 이리리가 이삭의 뒤에서 물었다. 버튼에 붉은 불이 켜져 있는 것으로 보아 전원은 들어와 있는 듯했다.

"뭐 마시고 싶어?"

"야, 하지 마. 진짜 돈 먹을 것 같아."

이삭은 이리리를 한 번 돌아봤다. 원래의 이리리라면 일단 동전부터 넣고 봤을 것이다. 작은 것에도 마음 졸이는 모습이, 어제가 어떤 날이었는지를 다시 알려 주는 것 같았다. 이삭은 평소보다 더 태연한 얼굴로 5백 원짜리 두 개를 넣었다. 그리고 사이다 버튼을 꾹 눌렀다. 자판기는 조용했다.

"봐 봐, 안 나오잖아."

이리리는 인상을 찌푸리며 돈 아깝게. 하고 중얼거렸다. 이삭은 대꾸하지 않고 한쪽 어깨로 자판기를 꾹 밀었다. 민 상태로 옆면을 주먹으로 두드렸다. 그러자 덜컹거리며 캔 하나가 떨어져 나왔다. 이리리는 믿을 수 없다는 듯 눈을 깜빡였다. 이삭이 건넨 사이다는 시원했다.

"쓰는 사람이 없어서 버벅거리는 거야."

"…무인도 가도 너 하나 있으면 살겠다."

이리리는 목이 따가운 것도 잊고 사이다를 마셨다. 한 번에 반을 마시고 이삭에게 건넸다. 이삭은 괜찮다고 손사래를 쳤지만 이리리는 억지로 손에 들려 주었다.

"마셔 봐. 해변에서 먹는 것보다 더 맛있어."

진짜네. 한 모금 마신 이삭이 입안을 감도는 달콤함과 청량감에 잠시 놀랐다. 횟집에서 엎지르면 끈적끈적해지던, 그래서 번거롭게 손이 많이 가던 탄산음료가 아니었다.

"책은 가져왔어?"

남은 반을 모조리 마신 이삭이 캔을 구기며 물었다.

"무슨 책? 《백 년 동안 숨바꼭질》 그거?"

"응."

"깜빡했다. 어디까지 읽었는데?"

"뻬논이 뻬옹을 찾으러 나서는 데까지."

"전혀 모르겠네……."

이삭이 어깨를 으쓱, 들었다 내렸다. 구긴 캔은 그대로 가방에 넣었다. 쓰레기통이 없었다. 보는 사람은 없었지만 그렇게 했다. 이리리 역시 군말하지 않았다.

둘을 태운 버스는 좁은 길을 덜컹거리며 달렸다. 풍경만 아니면 섬의 버스와 비슷하게 느껴질 정도였다. 승객은 이삭과 이리리뿐이었다. 둘은 2인 좌석에 나란히 앉았다. 이리리는 창에 붙은 노선도와 고모의 편지를 번갈아 보며 내릴 곳을 확인했다. 이삭은 이리리의 더플백을 무릎 위에 올리고 그 편지를 흘긋거렸다. 가방은 꽤 묵직했다. 더 멀리 가는 건 이리리일까 나일까. 그런 생각을 했다.

"집 헐렸거나 팔렸으면 어떡할 거야?"

"그러진 않았을걸. 엄마 아빠 얘기하는 거 들어 보니까 애초에 살 때 아빠 명의로 샀대. 아마 그때부터 죽을 생각이었을 거야."

"자살인지 아닌지는 모른다며. 죽을 생각 하고 집을 사나?"

"유산 정리하기 귀찮을 거까지 생각하고 아빠 이름 빌렸겠지."

이리리는 한 번 더 노선을 확인하곤 편지를 가방에 넣었다. 영 이해하지 못하겠다는 얼굴을 한 이삭을 보며 바람 빠지는 소리로 웃었다.

"우울증 때문에 회사도 그만두고 집안일도 못 하고 약 먹고 잠만 자다가 이혼한 사람이야. 이혼하자니까 고모부가 좋다고 위자료 챙겨 줬다더라. 할머니도 그때 살아 계셨고, 우리 집도 있는데 왜 아무도 없는 낯선 시골로 이사를 갔겠어. 뻔하잖아."

"그거 말고 고모에 대한 다른 기억은 없어?"

이삭의 질문에 이리리는 가만히 미간을 좁히며 눈을 굴렸다. 고모. 키가 크고 웃을 때 이가 다 보일 만큼 환하게 웃는 사람이었다. 이정윤. 어린 이리리는 고모 이름이 예뻐서 갖고 싶다고 떼를 쓰기도 했다. 그럴 때면 고모는 크게 웃으며 이리리를 꼭 안았다. 리야, 리야. 선물을 보낼 때는 꼭 카드를 같이 쓰고, 편지를 자주 보냈다. 이리리는 우편함을 확인하는 것이 즐거웠다. 고모가 이혼할 때쯤부터 편지가 오지 않았다. 다시 편지가 온 건 이혼하고 시간이 좀 지나서였다. 이사 갔다며 놀러 오라는 말과 말린 꽃잎을 보내 줬다. 그래, 그쯤 소포가 왔다. 상자 안에는《백 년 동안 숨바꼭질》과 함께 몇 권의 책, 그리고 지금 들고 있는 그 편지가 들어 있었다.

"내가 전화해서 우리 집에 놀러 오라고 하니까 다음에 간다고 했었어. 고모가 기차를 못 타거든. 그때 나 살던 데는 여기서 기차 아니면 오기 힘든 지역이었고."

고모에 대한 이야기가 하나씩 새어 나왔다. 고모가 기차를 타지 못했던 이유는 친한 친구의 죽음 때문이었다. 이리리는 본 적 없는 사람이었다. 지방으로 여행 갔다가 돌아오는 길에 열차가 선로를 이탈했다. 고모는 처음에는 슬픔을 잘 견디는 듯 보였으나 탈이 난 건 20년이 지나서였다. 만원 지하철을 타고 퇴근하는 길에 불쑥 그때의 사고 현장이 떠올랐다고 했다. 고모는 숨을 쉴 수 없었고 너무 늦게, 너무 생생하게 온몸이 아팠다고 했다. 친구가 살지 못한 20년을 자기는 살았다는 죄책감, 잊고 지냈던 자신을 용

서할 수 없음······. 그런 마음이 너무 늦은 나머지 고모부는 이해
해 주지 않았다. 사실 고모부가 아닌 모두가 그랬다. 이리리의 아
빠까지 유난이라고 말했다. 이혼하며 고모부는 친척 언니와 고모
를 만날 수 없게 했다. 고모는 편지 말미에 리야, 언니 소식은 들
은 것 없니? 묻곤 했다. 당연히 어린 이리리는 아무것도 몰랐다.
전처럼 고모가 번듯하게 입고 환하게 웃으며 외국 동화책을 사 왔
다고 해 주길 바랐다. 리야! '이치' 할 때 리가 아니라 리코더의 리
야. 신나게 노래 부르며 살아야 한다. 알겠지? 리 리 리 자로 끝나
는 말은 괴나리 보따리 댑싸리 소쿠리 우리 이리리, 하며 껴안아
주길 바랐다. 고모의 장례식은 조촐했다. 이리리는 입관식이 기
억나지 않았다. 그래서 고모를 떠올리면 사진에서나 본 것만 같고
꿈에서만 잠시 만난 사람 같기도 했다.

"아직 좀 꿈같아. 사실 나한테 고모가 없었던 거 아닐까."

가만히 듣던 이삭은 아닐 거라는 뜻으로 편지가 든 가방을 툭툭
쳤다.

"증거가 있잖아."

하긴, 맞는 말이네. 이리리는 활짝 웃으며 고개를 끄덕였다. 이
삭은 고모가 웃는 모습이 지금의 이리리 같지 않았을까, 짐작했
다. 버스는 구불구불한 산길을 올랐다. 이리리는 떨어지는 거 아
냐? 하며 창밖의 낭떠러지를 내려다봤다. 세상은 점점 더 초록색

이 됐고 버스는 이제 내리막길로 접어들었다. 순식간에 투명한 유리창에 빠른 속도로 스쳐 지나가는 잎사귀로 가득 찼다. 만화경을 들여다보는 것만 같았다. 이삭도 이리리도 소리도 내지 못하고 앞좌석 등받이를 꼭 잡았다. 버스가 멈췄다. 종점이었다. 둘을 내려놓은 버스는 다시 차를 돌려 왔던 길로 돌아갔다. 역사 근처보다 풀 냄새가 짙게 맡아졌다. 드문드문 인가가 보였다. 산이 마을의 테두리가 되었고 그 가운데는 밭에 심은 작물 때문에 푸른 웅덩이가 고인 것 같았다. 이삭이 눈만 깜빡거리고 있는 새에 이리리는 다시 편지를 꺼냈다. 편지지 뒷장에는 약도가 그려져 있었다.

"여기가 우리 있는 곳이고……. 왼쪽. 왼쪽 길로."

더듬더듬 약도를 보며 걷기 시작했다. 그때와 달라진 곳이 있어 한참을 갔다가 돌아오기도 했다. 마을을 가로지르며 작은 슈퍼를 봤다. 고요한 동네였다. 제일 더울 시간이라 밭에는 일하는 사람이 없었다. 이리리와 이삭만이 두리번거리며 구석구석을 헤집고 다닐 뿐이었다. 둘은 어느새 산 사이로 난 오르막길 입구까지 왔다. 여기가 맞을까? 싶었지만 약도에는 '오르막길 주의!'라고 적혀 있었다. 둘은 고개를 들고 입을 벌리고 서 있었다.

"여기가 맞긴 해?"

"약도 보면 맞긴 해."

자신감 없는 대답임에도 이삭은 앞질러 걸어갔다. 이리리는 그

등을 보고 걸었다. 손에 쥔 편지지는 오래되어 누렇게 빛바랜 채였다.

머릿속에서 고모가 길을 설명해 주는 목소리가 들리는 듯했다. 언제든 고모한테 와. 고모는 이리리가 커서 어떤 일을 겪게 될지 미리 알고 있는 사람 같았다. 나뭇잎 사이로 뜨거운 햇빛이 들이칠 때마다 땀이 얼굴 옆선을 타고 흘렀다.

"와, 우리 고모 진짜 이상한 사람이야. 뭐 이런 데 살았지?"

이리리가 일부러 장난치듯 말했다. 백팩과 더플백까지 이고 지느라 말 사이사이에 거친 숨이 섞였다. 땀범벅인 이삭이 이리리의 더플백을 뺏어 들었다.

"네가 고모 닮은 거 아냐? 너도 이상하잖아."

"내가 이상해?"

"죽는다면서 가방을 두 개씩 가져오는 게 안 이상해?"

"야, 가방 하나만 덜렁 들고 온 네가 더 이상해!"

둘은 벅차게 웃고 숨 쉬며 오르막길을 올랐다. 오른쪽으로 난 오솔길이 보였고 그 길을 지나니 정말 마법처럼 초록 지붕 집이 있었다. 단층 주택에 시멘트 마당, 오래돼 보이는 평상. 초록색은 이리리가 상상했던 것처럼 진하지 않았다. 처음엔 그런 색이었겠지만 벌써 사람이 살지 않은 지 7년이 되었기에, 저렇게 바랜 거라고, 이리리는 혼자 생각했다.

"너무 덥다. 들어가자."

편지에 쓰인 대로 열쇠는 집 뒤편 화분 아래 있었다. 화분에서 자라는 것은 없었고 오직 흙뿐이었다. 아무도 없는 집. 이리리는 그제야 실감이 났다. 뻑뻑한 자물쇠를 열었다.

"실례합니다."

이삭은 운동화를 가지런히 벗어 놓으며 안으로 들어갔다. 막상 이리리는 들어가도 될지, 정말 여기가 고모가 살던 곳인지 덜컥 겁이 났다. 그 마음을 읽은 이삭이 한 걸음 뒤로 물러섰다.

"네가 먼저 들어가."

신발을 벗고 좁은 마루로 올라가면 다시 문이었다. 이리리가 이삭과 눈을 마주치며 문을 옆으로 밀자, 오래 고여 있던 공기가 이리리와 이삭을 덮쳤다. 그 냄새 중에 사람의 흔적은 없었다. 먼지와 시간의 냄새만 맡아졌다.

집은 놀라울 만큼 조용했다. 산에 둘러싸인 마을에서도 산 중턱에 있는 곳이라 그런지 한여름임에도 바닥이 서늘했다. 집 안은 할로윈 파티 같았다. 가구에는 흰 천이 모두 덮여 있었다. 어떤 가구인지 윤곽으로 겨우 구분할 수 있었다. 소파, 탁자, 식탁······. 먼지는 쌓여 있었지만 누군가 주기적으로 와서 관리하는 듯했다. 아빠인가? 아님 언니? 이리리는 고모가 이혼한 이후로 만난 적 없던 친척 언니를 떠올렸다. 언젠가 아빠는 고모는 이혼하며 다

뺏겼다, 라고 스치듯 말한 적 있었다. 이런 집에서 고모 혼자…….

이리리가 생각에 깊게 빠지려는 순간, 이삭이 집 곳곳을 돌아다니며 커튼을 걷고 창문을 열었다.

"청소는 해야지."

이리리가 어리둥절해져서 바라보자, 이삭은 간단하게 답했다. 욕실에서 이리리, 물 나온다! 소리치고 부엌에서는 전기도 들어와! 가스는 안 돼! 연이어 소리쳤다. 뒤란*과 부엌을 바쁘게 오가더니 이제 가스도 나와! 하고 불이 붙은 가스레인지를 보여 줬다. 난 죽으러 왔는데 신난 건가, 싶은 마음에 이리리의 마음이 뾰족해졌다.

"우리 놀러 온 거 아니야."

어디선가 빗자루와 쓰레받기를 찾아 온 이삭이 우뚝 멈춰 섰다. 진지한 얼굴이었다. 해변에서 무심하게 이어폰을 꽂고 있던 이삭이 아니었다.

"알아."

"근데 무슨 전기며 물이며 따지고 있어."

"……."

이삭은 뾰족한 마음이 자신을 찌르기 전에, 이리리 발치의 먼

---

* 집 뒤 울타리의 안을 뜻한다.

지부터 슬슬 한쪽으로 몰기 시작했다. 창문으로 들어온 빛이 공중에 날리는 먼지를 스노볼 속 반짝이 가루처럼 보이게 했다. 이리리는 한쪽 눈을 비볐다.

"넌 네 마지막이 엉망이었으면 좋겠어?"

큰 키를 숙여 구부정하게 등을 만 이삭이 비질을 하며 말했다. 이리리의 마음이 다시 둥글고 물컹해졌다. 묵묵히 욕실로 가서 수건 하나를 물에 적셔 나왔다. 이삭이 지나간 자리를 수건으로 문질렀다. 바닥 색깔이 진해졌다. 밖에서는 매미가 울고 이름을 모르는, 구분할 수 없는 새들이 울어댔다. 걸레질하다 문득, 왜 새도 매미도 운다고 하는 걸까, 하는 생각이 이리리의 머리에 스쳤다. 둘의 청소는 거실에서 안방, 부엌, 욕실까지 이어졌다. 한 몸이 된 것처럼 호흡이 잘 맞았다. 쓸고 닦고, 치우고 닦고.

모든 게 순조로웠다. 이리리는 조금 무서웠다.

그 마음을 조금이라도 쓰다듬어 주는 건 고모의 흔적이었다. 냉장고에 붙어 있는 사진, 아기인 친척 언니와 젊은 고모, 젊은 고모와 나란히 선 어떤 젊은 여자, 깨끗하지만 오래된 디자인의 식기. 전자레인지 위를 덮은 흰색 레이스 천은 이리리가 고모가 이혼하기 전, 그 집에서 봤던 것과 닮아 있었다. 침실은 싱글 침대와 옷장, 화장대뿐이었다. 화장대에는 고모가 죽던 해의 달력이 그대로 놓여 있었다. 이리리는 그 시절 달력 속 자기 생일에 동그라미 쳐

놓은 것을 발견했다. 리의 생일. 그 옆에는 반쯤 비운 향수병이 있었다. 뚜껑을 열고 분사기에 코를 가져다 댄 이리리는 놀라서 병을 내려놨다. 고모 냄새. 아카시아 같은 꽃 냄새와 잎사귀를 짓이긴 듯한 풀 냄새, 약한 꿀 냄새. 향기만으로 꿈결 같던 고모가 생생해졌다. 고모가 살아 있다. 살아 있었다. 고모가 있었다. 이리리는 문득 방안을 두리번거렸다. 이삭은 거실에 있었고 이 집에는 둘 뿐이지만, 그게 맞지만, 아닌 것도 같았다.

이리리는 두근거리는 마음을 진정시키려고 길게 숨을 내뱉었다. 그리곤 옷장을 열었다. 사계절 옷이 옷장 하나에 전부 들어가 있었는데, 여름옷으로는 품이 널널한 고무줄 바지와 원피스가 걸려 있었다. 나프탈렌 냄새가 진하게 났다. 이리리는 시간과 화학물질이 만들어 내는 냄새에 감탄했다. 방금 맡은 향수 냄새와는 전혀 다른 것이었다. 밖에서 부스럭거리는 소리가 났다. 이리리는 자신이 이삭에게 나프탈렌 냄새 같은 기억이 될지 향수 냄새가 될지 가늠할 수 없었다. 옷을 꺼내 들고 거실로 나가자 선풍기 덮개를 벗기는 이삭이 고개를 들어 보였다. 이 모습은 영영 시들지 않는 기억일 텐데. 턱에 힘을 주고 서 있는 이리리를 발견하자, 이삭은 손짓했다.

"선풍기 켜진다."

"옷부터 갈아입어."

이리리는 이삭에게 고모의 티셔츠와 고모의 바지를 건넸다. 자신은 화장실에서 원피스로 갈아입었다. 찬장에는 낡은 수건과 흰색 약통, 지퍼백 하나를 채울 만큼의 제조 약이 들어 있었다. 일단은 밖으로 나갔다. 이삭은 껑충하게 드러난 발목이 민망한지 뒷머리를 긁었다. 이리리가 웃었다.

"진짜 안 어울려."

"넌 잘 어울려."

이삭의 말에 이리리는 입고 있는 원피스를 내려다봤다. 하늘색 바탕에 해바라기가 자그마한 무늬로 들어간 옷이었다. 어릴 때 말고는 입어 본 적 없는 디자인이었고, 촌스럽다고 생각했지만 이삭이 잘 어울린다고 하니 할 말이 없었다. 이리리는 어깨만 으쓱, 올렸다 내렸다.

"아, 그리고 이걸 찾았는데."

이삭은 식탁 아래에 있었다며 상자 하나를 들고 왔다.

"네가 봐야 할 것 같아서."

둘은 상자를 가운데 놓고 앉았다. 뚜껑을 열자 안을 가득 채운 책, 노트, 사진첩이 보였다. 가장 밑에는 바인더가 있었다. 뉴스 기사를 스크랩해서 모아 놓은 것이었다. 생존자 인터뷰, 유가족 인터뷰⋯⋯. 모두 이리리가 태어나기 전, 혹은 아주 어렸을 때 일어난 일이었다. 이리리는 그것을 하나하나 차분히 읽어 내려갔다.

고모는 이런 걸 껴안고 살았던 걸까. 그래서 우울했던 걸까, 죽을 만큼. 그 생각을 덮기 위해 더욱 열심히 읽었다. 이삭은 말없이 선풍기를 켜 이리리 쪽으로 바람이 가게 했다. 그 옆에 앉아 상자 안에 있던 책 한 권을 집어 들었다. 《백 년 동안 숨바꼭질》이었다.

"어, 여기도 있네."

그 소리에 고개를 들었던 이리리가 어, 정말. 하고 놀랐다.

"다행이다. 계속 보면 되겠네."

"너희 고모 덕분이지."

둘은 마주 보고 잠시 웃었다.

페이지가 넘어갈수록 이삭과 이리리의 자세가 늘어졌다. 결국 둘은 나란히 누워 천장을 향해 책을 든 손을 뻗고 있었다. 밖에서 바람이 세상 곳곳을 스치는 소리가 들려왔다. 이삭은 자꾸만 눈이 감겨 결국 엎드려 누웠다. 바인더에 박고 있던 고개를 든 이리리가 문밖을 바라봤다. 기민한 야생 동물 같다고, 이삭은 생각했다.

"이삭, 여기가 진짜 섬 같다."

"섬?"

"외딴섬. 우리가 싫어하는 건 아무것도 없는 섬."

"…섬은 지긋지긋한데."

점점 작아지는 목소리에 이리리가 눈을 떠 옆으로 고개를 돌렸다. 이삭의 숨소리는 느리고 고르게 퍼지기 시작했다. 한없이 순한 얼굴. 윗입술이 살짝 들려 앞니 사이로 혀끝이 보였다. 살면서 겪은 모든 슬픔을 이기고 나면, 이삭은 잠에서 깨서도 이런 얼굴일까. 이리리는 선풍기 바람에 곱슬머리가 흔들리는 걸 오래도록 바라봤다. 눈 옆에 길고 가느다란 상처가 나 있었다. 언제 생긴 걸까. 이번에도 이리리는 이삭이 다쳤다는 것을 바로 알지 못했다. 문득 미안해졌다. 내 이야기에 취해 또 이삭을 돌아보지 못했구나. 내내 혼자였던 이삭을 또다시 혼자 남겨 두려 하다니. 그런 사람이 나라니. 낮잠을 자고 일어나면 넌 참 아기처럼 자더라, 하고 이삭에게 알려 주자. 자기가 모르는, 아무도 알려 준 적 없던 얼굴을 알려 주자. 그렇게 다짐하는 이리리의 눈꺼풀도 무겁게 감겼다.

뒤척이던 이리리는 부엌 쪽에서 나는 소음에 눈을 떴다. 해가 졌는지 불을 켠 부엌만 환하게 보였다. 조리대와 가스레인지를 바쁘게 오가는 이삭이 있었다. 자신을 덮고 있는 얇은 이불과 머리맡에 그대로 있는 상자를 보자 잠이 깼다. 기름이 자글자글 끓는 소리, 물이 보글보글 끓는 소리. 익숙한 음식 냄새……. 바짓단 아래로 드러난 이삭의 복사뼈에 이리리가 작게 웃었다. 이렇게 깊게 잔 게 얼마만이지? 잠은 언제나 이리리를 스치고 지나갔다. 자기 배 위를 덮고 있는 얇은 이불을 보고 나서야 아, 깊게 잘 수밖에 없었구나, 싶었다.

"깼어?"

선풍기를 부엌 쪽으로 옮기는 기척에 이삭이 돌아봤다. 이삭은 땀을 삐질삐질 흘리면서도 아무렇지 않은 표정을 하고 있었다.

"몇 시야?"

"모르겠어. 시계가 멈췄더라."

거실 벽에 걸린 시계는 여섯 시 34분에 멈춰 있었다.

"밥 먹자. 와서 앉아."

이삭이 식탁에 냄비를 내려놓으며 말했다. 이리리는 아직 잠기운이 묻은 얼굴로 식탁에 앉았다.

"할 줄 아는 음식이 없어, 나."

두부가 잔뜩 떠 있는 된장 국물, 상추, 참치, 달걀프라이가 잔뜩 들어간 비빔밥.

"재료는 어디서 샀어?"

"마을에 슈퍼 있더라고. 상추는 어떤 어르신 일 도와드리고 받았어."

이삭이 깨어난 건 노을이 질 무렵이었다. 이삭은 등이 데워지는 느낌에 잠에서 깼다. 부엌 창으로 들어온 붉은 빛이 거실까지 길게 들어왔다. 느리게 인식되는 풍경이 낯설다는 생각도 들지 않았다. 이리리는 등을 보인 채 곁에서 자고 있었다. 몇백 년쯤 긴

잠을 자다가 깬 사람의 이야기를 읽고 있는데……. 이삭은 멍하
니 눈을 깜빡였다. 여기가 꿈인 걸까, 그동안 겪었던 모든 게 꿈
인 걸까. 할머니, 아빠, 집 안을 채운 성모상, 예수상, 둘둘 감긴
묵주, 미사포, 둘둘 말아 묶은 할머니의 긴 머리카락, 냉장고 속
에 있던 알 수 없는 음식들, 평상에 앉아 있을 때, 해변 천막 아래
앉아 있을 때, 급식실에 혼자 앉아 있을 때, 보이지 않는 곳에서
할머니가 남긴 멍이 쓰라릴 때, 외로움이 뭔지도 모르고 외로웠던
나날……. 이리리는 쉽게 잠에서 깰 것 같지 않았다. 언뜻 보이
는 손바닥은 보라색 멍이 들었다. 곧 더 긴 잠을 잘 거면서, 지금
만은 눈을 떠 주지. 그런 마음이 들었지만, 뒤꿈치를 들어 밖으로
나갔다.

"너 대단하네……."

막 자다 깬 이리리의 눈에는 서운함을 숨기고 있는 이삭이 보이
지 않았다. 이리리의 입 속에 군침이 고였다. 생각해 보니 어제부
터 종일 제대로 먹은 게 없었다. 잘 먹겠습니다, 인사하곤 숟가락
을 들었다. 두부 된장국은 맹물에 끓였는지 된장 맛과 두부 풋내
가 났다. 비빔밥은 너무 짰다. 그러나 맛있었다. 이리리가 고개도
들지 않고 급하게 먹자 이삭이 물을 따라 줬다.

"천천히 먹어."

"맛있어서 그래."

처음이다. 이삭은 깨달았다. 누군가 목이 막힐까 봐 물을 떠 준 건, 자기가 만든 음식을 남이 먹은 건, 긴장 없이 다른 사람과 밥을 먹는 건 처음이었다. 비빔밥도 된장국도 이삭의 입에는 맛으로 느껴지지 않았다. 배고프니까 먹는 다른 날의 한 끼와 다를 게 없었다. 그걸 맛있게 먹는 이리리를 보며 배고플까 봐 차린 음식의 기쁨을 깨달았다. 이리리를 따라 고개를 숙이고 급하게 밥을 먹었다. 그러다 둘의 정수리가 부딪쳤다. 웃었다. 남은 두부 한 조각을 두고 누가 먹을지 투닥거렸다. 행복했다. 설거지는 네가 하라고, 내일 할 테니까 오늘은 네가 하라고. 즐거웠다. 친구……. 이삭은 그 단어만큼 진부한 건 없지만 정말 잘 맞는 말이라고 생각했다. 네가 살았으면 좋겠어. 그 말을 꾹 삼켰다. 이리리는 입가에 밥풀이 붙은 것도 모른 채 설거지를 하겠다고 나섰다. 눈물이 날 것 같아 이삭은 물 한 컵을 천천히 마시곤 마당으로 나갔다.

설거지를 마친 이리리가 이삭을 따라 마당으로 나왔다. 둘은 평상에 나란히 앉아 하늘을 가득 채운 별을 바라봤다. 올빼미인지 부엉이인지 모를 밤새가 울었다.

"그래서, 빼논은 빼옹을 찾았어?"

"아직. 수소문해 가며 찾아다니는 중이야."

"으음, 기억이 날 것 같기도 하고……. 그러다 미술관에 갔었나?"

"어, 딱 거기야."

진지한 반응에 이리리가 키득키득 웃었다. 이삭은 아랑곳하지 않고 이야기를 이어 나갔다.

"동네로 돌아가니까 다 바뀐 거야. 물론 그 친구도 없고. 근데 자기가 살던 집만은 그대로 있었대. 부모가 언제 아이가 돌아올지 모르니까 보존해 놨던 거야. 부모도 이제 세상에 없었지만……. 그래서 허물어져 가는 빈집에서 아이가 펑펑 울어. 다 돌려 달라고. 근데 바닥에 쪽지 하나가 보여. 자기랑 숨바꼭질했던 그 친구야. 너를 꼭 찾아낼게. 그렇게 적혀 있었고……."

너를 꼭 찾아낼게. 이삭은 그 말을 이리리에게 전해 주고 싶었다. 이리리는 이삭을 찾아냈다. 타고난 술래였다. 그러나 달팽이처럼 안으로, 손끝은 손바닥 안으로, 부모가 있는 거실에서 자신의 방으로 혼자 숨는다는 걸 안 이후로, 이삭은 술래가 하고 싶어졌다. 어디에 있든 이리리를 찾아내고 싶었다. 이리리가 요정 나라로 이어지는 동굴에 숨더라도 기다리고 싶었다. 돌아오지 못하는 곳에 가더라도 기다릴 거라고 말해 주고 싶었다. 그러기에는 이삭의 입은 굳어 있었다. 이리리는 답지 않게 길게 말을 꺼내는 이삭을 신기하게 바라볼 뿐이었다. 그리곤 그렇게 재밌었느냐고 물었다. 이삭은 작게 웃었다.

"뭔가 이상해."

"뭐가?"

"우리 고모 말이야. 막상 집에 와서 보니까 자살한 게 맞을까, 하는 생각이 들어."

"곧 죽을 사람이 어떻게 집을 사냐면서?"

"그러니까. 그러니까 이상한 거야."

이리리가 하늘을 올려다봤다. 눈을 이리저리로 굴리며 여름 별자리를 찾았다. 이 별과 저 별의 사이가 인간은 갈 수 없을 정도로 멀 텐데도, 선으로 이을 수 있을 만큼 가까워 보인다는 게 새삼 신기했다. 고모의 삶도 그런 게 아닐까, 하고 이리리는 생각했다. 이리리가 알던 고모는 사건으로 이뤄진 사람이었다. 친구가 참사로 죽고 우울증에 걸리다. 중증 우울증으로 일상생활이 불가해지고 결국 이혼하다. 이혼 후 연고 없는 마을에서 살다. 죽다. 별자리처럼 가까워 보였던, 이을 수 있다고 생각했던 고모의 삶이 별과 별의 거리만큼 멀어졌다. 그 거리에는 이리리가 잊고 있던, 모르고 있던 것으로 채워져 있었다. 고모가 뿌리던 향수와 흰색 실로 뜬 레이스 보. 꽃무늬 원피스와 알약. 달력에 표시된 나날들. 선풍기에 커버를 씌운 사람이 고모라면……. 내년 여름을 걱정하는 사람이 죽을 수도 있나? 이리리는 오리온자리는 찾아냈다. 세 개의 별은 일직선으로 놓인 듯 보였다. 사실은 저렇게 나란히 붙어 있지 않을 텐데.

"모르겠어. 내가 오해한 걸까. 고모는 날 엄청 예뻐했거든. 근데 고모에 대해 아무것도 모르는 채로 죽으면 좀 미안할 것 같아."

이삭은 대답하지 않고 하늘을 올려다봤다. 섬에서 보던 하늘과 다를 게 없었다. 그러나 마음이 멀미하듯 울렁였다.

"좀 더 알아보는 건 어때? 고모가 남긴 거 다 읽고, 좀 더 생각해 보고. 날짜가 정해져 있는 것도 아니잖아."

"어! 카시오페이아!"

아무것도 듣지 못했다는 듯, 이리리가 손끝으로 하늘 구석을 가리켰다. 이삭은 대답을 듣고 싶은 마음을 참으며 그쪽으로 고개를 움직였다.

"저거?"

함께 손을 뻗자 이리리가 이삭의 손을 조금 더 옆으로 옮겨 줬다.

"저거!"

"다른 것도 있어?"

"세페우스. 그 옆에 작은곰, 큰곰."

"곰처럼 안 보이는데."

"원래 그런 거야. 그렇게 안 생겨도 그냥 아는 거지. 저 모양은 작은곰이구나."

둘은 잠시 말없이 하늘만 올려다봤다. 이름 붙이지 않으면 모를 별이 무더기로 있었다. 이삭은 슬쩍 고개를 옆으로 돌렸다. 이리리 역시 이 순간을 망치지 않기 위해 꾹 참고 있는 듯 보였다.

"어떻게 죽을 거야?"

이삭이 묻자 이리리는 조용해졌다.

"…방법은 많지. 산이잖아."

이리리는 욕실 찬장에 있던 약에 대해서는 말하지 않았다. 잔인하네. 이삭은 더는 생각하지 않으려 다시 작은곰과 큰곰을 찾기 위해 눈을 굴렸다.

"…저게 작은곰이라고?"

"아니, 저게 큰곰."

이리리는 언제 죽는 얘기를 했냐는 듯 별자리 찾는 법에 대해 종알거렸다. 이삭은 이 세상의 별자리를 모두 찾을 때까지 이리리의 말이 멈추지 않길 바랐다. 갈비뼈 부근이 아파 왔다. 크고 무거운 것에 짓눌린 듯 숨 쉬는 게 어려웠다.

"이리리."

죽지 말라고 말하려는 순간, 평상이 큰 소리를 내며 주저앉았다. 이삭과 이리리는 소리도 못 지르고 동그랗게 눈을 뜬 채 서로를 바라봤다. 이내 이리리가 크게 웃었다. 오래되어 삭아 버린 나무 평상은 슬픔의 무게를 견디지 못했나 보다, 하고 이삭이 생각했다.

"대박, 저녁 너무 많이 먹었나 봐. 봐 봐, 안 다쳤어?"

"어쩐지 잘 먹더라."

이리리가 이삭에게 손을 내밀었다. 그 손을 잡고 이삭이 일어섰다.

"어떡하지?"

"뭘 어떡해. 어쩔 수 없지."

원래 이런 걱정은 네가 하고 내가 치우는 담당인데. 이리리는 태연하고 여유로워 보였다. 이삭은 슬리퍼 끝으로 무너진 평상을 툭 찼다.

"아, 너무 재밌네."

이리리도 똑같이 평상을 발로 찼다. 하나도 안 재밌어. 이삭이 아주 작게 중얼거렸다. 그 말은 아무에게도 들리지 않았다. 이삭에게까지 그랬다. 영영 아침이 오지 않길 바라는 마음은 지겨웠다. 지겨웠음에도 이번만은 간절하다고, 이삭은 자신이 보이지 않는 하느님을 찾았다.

10

이리리는 침실에서, 이삭은 거실에서 하룻밤을 보냈다. 먼저 깨어난 이리리는 새벽 어스름을 받고 누운 이삭을 한참 바라봤다. 자는 얼굴이 어린애 같다는 말을 하지 않은 것이 떠올랐다. 눈가에 길게 난 상처는 실금처럼 빨갛게 남아 있었다. 이삭이 깨면 집을 뒤져 밴드라도 찾아보자고 마음먹었다.

밖은 부지런히 밝아지고 있었다. 집 시계는 여섯 시 34분에 멈춰 있지만 지금은 그 시간 언저리가 아닐까, 하고 이리리는 생각했다. 집 뒤로 난 오솔길을 한 걸음 한 걸음 걸을 때마다 풀잎에 맺힌 이슬이 이리리의 발등을 적셨다. 옅은 안개가 스멀스멀 움직이는 것이 보였다. 여름에 이게 가능할까, 싶은 차갑고 신선한 공기였다. 이리리는 숨을 깊게 들이쉬고 조금씩 내뱉었다. 얼마 안

가 커다란 참나무가 나타났다. 둘레는 이리리의 한 품에 들어오지 않을 정도였다. 이리리는 나무 둥치에 기대고 앉아 고개를 들었다. 높게 뻗은 가지와 무성한 잎사귀 사이로 새것 같은 햇빛이 들어오고 있었다. 달고 생생한 풀 냄새와 흙냄새. 이리리는 아이스크림을 먹듯이 공기를 만끽했다. 나무가 편안하고 부드럽게 느껴졌다.

모든 걸 두고 떠나왔다는 건 이런 기분이구나.

사후 세계가 있다면 이런 곳일지도 모르겠다고, 이미 자긴 죽은 걸지도 모른다는 생각이 들 때쯤 엄마와 ▩▩의 얼굴이 순간 떠올랐지만 이리리는 재빨리 그것을 몰아냈다. 아무도 설득할 필요가 없다. 나를 설명할 일도 없다. 나를 반대하는 사람을 사랑할 일도 없다. 사랑하는 사람에게 버림받을까 두려워하지 않아도 된다. 이치 같은 건 몰라도 된다. 아무것도 없는 건 편안한 상태다. 나는 없어진다. 남은 사람들은 신경 쓰지 않아도 된다. ▩은, 너는⋯ 너는 내가 없는 편이 좋을지도 모르지. 이리리! 저 밑에서 이삭의 목소리가 들려왔다.

"이리리! 이리리!"

이리리는 경찰이라도 찾아왔나 싶어 놀란 마음에 오르막길을 뛰어 내려갔다. 이삭은 머리에 까치집을 짓고 허둥거리며 사방을 살피고 있었다. 슬리퍼는 반대로 신은 채였다.

168

"이리리!"

"왜!"

이삭은 숨이 차도록 다급하게 내려온 이리리를 보고 얼어붙었다. 숨이 잠깐 멈췄다가 파하, 하고 터져 나왔다. 집은 고요했고 누가 온 것 같지도 않았다. 이리리는 영문을 모르겠다는 얼굴을 하고 이삭 앞에 섰다.

"왜, 무슨 일 있어?"

"말도 없이… 간 줄 알았어."

이리리는 순간, 누군가 칼끝으로 얼굴을 긋고 지나간 것 같은 통증을 느꼈다. 괜히 눈 옆이 쓰라렸다. 이삭이 너무나 안도해서, 다행이라고 생각하는 게 잘 보여서, 이리리는 눈을 꾹 감았다. 없는 세상으로 가는 건 자신뿐이었다. 이삭은 남아서 괴로울 사람이었다. 아마 그 누구보다 제일 많이, 제일 오래.

"일찍 깨서 산책 좀 한 거야. 내가 너한테 말도 안 하고 어딜 가."

이삭은 됐어, 됐어, 괜찮아, 하며 이리리의 어깨를 집 쪽으로 떠밀었다. 해파리에게 부딪힌 듯 연약한 힘이었다. 그런다고 바뀌는 게 없다는 게, 이리리는 마음이 아팠다.

"이따 너도 올라가 봐. 되게 조용하고 좋아. 꽃도 있던데."

"그래?"

"응, 전에 왔으면 좋았을 텐데. 아쉽다."

"…밥해 줄게. 아침 먹자."

그 말에 이리리의 차가워진 코끝에 열기가 돌았다. 눈가가 홧홧
해지는 기분에 먼저 집 안으로 들어갔다. 이삭은 이리리를 따라가
다가 자신이 신발을 반대로 신고 있음을 깨달았다. 이리리는 모든
것이 마지막이라고 믿고 있었다. 전에 왔으면 좋았을 텐데. 그 말
을 곱씹으며 이삭은 부엌으로 갔다.

아침을 먹은 후 이리리는 식탁에 앉아 있었다. 앞에는 미리 챙
겨 온 흰 종이와 펜을 두었다. 가만히 있다가 한 줄을 적고, 또 한
참을 있다가 한 줄을 더 적었다.

유서

종이 맨 위에 적었다. 조금 간격을 띄우고,

이 글을 쓰는 이유는 쓸모없는 추측과 원망을 줄이기 위해서다.

다음 줄.

나는 스스로 죽는다.

어색해 보였다. 이리리는 줄을 그어 문장을 지우고 다시 썼다.

나는 스스로 죽는다. 나는 스스로 죽음을 선택했다.
이유는

한참 멈춰 있었다. 이삭은 천천히 집 구석구석을 살펴보는 중이었다. 왔다 갔다 하는 것이 이리리의 시야에 걸렸다. 발소리는 거의 나지 않았지만, 이리리에게는 천둥소리처럼 들렸다.

계속 산다고 해서 내 문제가 해결되지 않을 거라는 걸, 알아 버렸기 때문이다.
나는 레즈비언이다.

어느새 이삭은 냉장고 앞까지 왔다. 옆구리에는 어제부터 읽던 책을 끼고 있었다.

"이 어린애는 누구야? 너야?"

"친척 언니."

"고모랑 너랑 언니랑 눈이 똑같이 생겼네."

이삭은 고개를 끄덕이며 다른 사진을 집어 들었다.

누굴 좋아하게 될 때마다 죄를 짓는 것 같았다.

죄가 아니라는 걸 알면서도 괴로웠다. 죄가 아니라고 말해 주는 사람 중에 내가 사랑하는 사람은 없었다.

내가 누군가를 사랑한다는 사실이 엄마와 아빠를 상처 입힌다는 게 슬펐다.

"고모 옆에 이 사람은 누구야?"

"나도 몰라. 어쩌면 사고당했다는 그분이겠지."

"네 사진은 없어?"

이리리가 없을걸, 하고 대충 대답하자 이삭은 맞은편에 앉아 책을 펼쳤다.

엄마 아빠가 나를 사랑해서 나를 이해하지 못한다는 게 슬펐다.

지금 이 순간에도 그렇다.

책장 넘기는 소리에 고개를 들어 보니 이삭은 집중한 얼굴을 하곤 눈은 유서를 바라보고 있었다. 이리리는 못 본 척 다시 고개를 숙였다.

나는 백 년을 살아도 불완전한 사람.

"너도 다시 읽어 봐. 재밌는데."

이삭이 눈동자가 책으로 다시 옮겨 갔다. 이리리는 대꾸하지 않았다.

내가 살아 있는 한 사랑을 할 거고, 몇 살에 그러든 엄마 아빠는 이유를 찾아낼 것이다. 지금은 사춘기라서. 나중에 아직 덜 커서. 어른이 덜 돼서. 사람을 많이 안 만나 봐서. 세상을 몰라서. 그리고 나면 나중에는 내가 잘못된 거라고 하겠지.

내 사랑이, 나라는 사람이 주변 사람들을 상처 입힌다는 건 생각보다 훨씬 절망적이다.

눈을 뜨고 감을 때마다

오늘은 밤이 되기 전에 눈을 감길, 내일은 아침이 되어도 눈을 뜨지 못하길 바랐다.

이삭이 천천히 문장이 쓰이고 있는 종이 위에 책을 들이밀었다. 삽화가 있는 페이지였다. 빼논이 요정 나라에서 나오는 부분이었다. 이리리가 이게 뭐? 하는 눈으로 보자 이삭이 다른 페이지를 보여 줬다. 거기에는 빼옹이 남긴 쪽지가 그려져 있었다. 널 찾아낼게.

"같이 보고 싶어서."

이리리는 말없이 손등으로 책을 치우곤 숨을 골랐다.

그래서 떠나는 거다. 나는 천국도 지옥도 믿지 않지만 어딜 가든 괜찮다고 생각할 만큼 이 삶이 싫다.

"나를 아는 사람은 아무도 없었습니다. 마을의 모든 것이 변해 있었습니다. 우물 옆에 있는 커다란 나무가 아니라면 나는 그곳이 내가 살던 곳인 줄 모른 채 지나쳤을 것입니다. 내 옷차림을 본 사람들이 수군거렸습니다. 노인들은 나를 귀신 보듯 했습니다. 지팡이로 쫓아내려는 사람도 있었습니다. 마을 여기저기로 퍼져나가는 길에는 붉은 벽돌이 깔려 있었습니다. 우리 집을 찾고 싶었습니다. 엄마와 아빠가 살아 있을지도 모른다고 믿었습니다. 사실은 내가 아는 사람은 모두 사라졌다는 걸 알면서도……."

"꼭 소리 내서 읽어야 해?"

슬슬 이삭의 행동이 이리리의 신경을 건드렸다. 분명 유서의 내용을 읽었으면서도 태연하게 동화책을 읽는 걸 이해할 수 없었다. 그러나 이삭은 대답하지 않았다. 입술을 다물고 눈만 들어 이리리를 봤다. 이리리는 한숨을 내쉬곤 펜을 고쳐 잡았다.

미안하다는 말은 하지 않겠다.

더는 미안해하고 싶지는 않다.

엄마 아빠의 말에 따르면,

이치에 맞지 않는 건 삭제해야 되니까.

그게 진짜 이치니까.

나는 폐기된 실험이다.

이리리는   의 이름도 쓰고 싶었지만 주먹을 꽉 쥐며 참았다.
손바닥이 쓰라렸다. 죽을 각오를 하면서도 부를 수 없는 이름이
있다. 사랑한다면 참아야 하는 이름이 있다. 눈물이 차올랐다.

장례식은 원치 않는다. 날 기리는 일은 없었으면 한다.

"빼옹이 남긴 쪽지에 얼굴을 묻었습니다. 빼옹에게서 나던 빵
냄새를 맡는 것 같았습니다. 빼옹이 보고 싶었습니다. 그러나 빼
옹도 엄마 아빠처럼, 이 집처럼 죽었거나 죽어 가는 중일 게 분명
했습니다. 시간을 돌리고 싶었습니다. 요정 나라에서는 매일 초
콜릿을 차로 마시고 꿀을 바른 비스킷을 먹었습니다. 공부하지
않고,"

"거긴 다 읽은 데 아냐? 다시 읽어야 돼?"

"구름과 구름 사이를 뛰어다니기만 해도 하루가 훌쩍 흘렀습니

다. 나를 혼내는 사람은 없었습니다. 요정들은 나랑 놀아 주었고 나 때문에 토라지지도 않았습니다. 그래도 시간을 돌릴 수 있다면, 백 년 전 삐옹과 숨바꼭질하던 때로 돌아갈 수 있다면 나는,"

"조용히 좀 해."

이리리가 펜을 소리 나게 내려놨다. 그제야 이삭의 입이 멈췄다. 이삭에게는 분명 이유가 있었다. 그러나 이리리는 그 이유를 알아낼 여유가 없었다.

"혼자 읽어. 난 안 궁금해."

이삭은 대답하지 않았다. 입을 다문 채 밖으로 나갔다. 슬리퍼를 직직 끄는 소리가 천천히 멀어졌다. 이리리는 자기가 못되게 굴었다는 걸 알고 있었다. 멈출 수가 없을 뿐이었다. 다른 사람들에게는 참아졌던 일이 이삭에게만은 되지 않았다. 너는 다 알잖아. 너는 잘 알잖아. 이삭이 화가 나서 돌아오지 않으면 어쩌지? 이리리는 걱정하면서도 한편으로는,

나를 지나쳐서 멀리까지 가.

생각했다. 문득 고모가 죽고 얼마 안 됐을 무렵이 떠올랐다. 장례가 끝난 후였고 주말이었다. 이리리는 거실에 앉아 장난감을 만지고 있었다. 엄마는 부엌에 있었다. 아빠는 정오가 돼서야 방에서 나왔다. 이리리가 달려가 다리를 껴안았지만 아빠는 공주, 하고 부르는 대신 머리만 쓰다듬어 줬다. 엄마가 또 꿈을 꿨느냐고

묻자, 아빠가 답했다. 누나가 나한테 정을 떼려고 그러나. 아빠가 점심을 먹고 다시 자러 들어갔을 때, 이리리가 엄마에게 물었다. 고모는 죽었는데 어떻게 정을 떼? 엄마는 차근차근 설명해 줬다. 죽은 사람의 영혼이 남은 사람들이 자기 생각으로 너무 힘들지 않게 하려는 거라고. 고모는 자기 동생이 오래 힘들지 않게 지금 잠깐 괴롭히는 거라고. 지긋지긋하게 해서 더 생각 안 나게 하려는 거라고. 어린 이리리는 이해하지 못했다. 이해하지 못한 채 덮어놓은 개념을 나중에 알게 되듯, 지금에서야 깨달았다. 나 이삭에게 정 떼라고 하고 있구나. 이삭이 돌아보지 않고 앞으로 씩씩하게 나아갔으면 했다. 자신이 아무도 없는 곳으로 가는 것처럼, 올해 여름 방학을 모두 잊고, 이리리라는 사람을 잊고, 잊지 못해도 그리워하지 말고 살아가길 바랐다.

…나를 다 잊는다고?

이리리는 문득 두려움을 느꼈다. 자신을 잊고 살아가는 이삭을 상상하고 싶지 않았다. 펜을 다시 잡았지만 아무것도 써지지 않았다.

그렇다면 나를 잊지 않고 영영 기억해 주길 바라나? 정을 떼지 못하고 오래 괴롭도록?

거실 한 켠에 놓인 바인더를 식탁으로 가져왔다. 어제 몇 장 읽다 만 상태 그대로 펼쳐져 있었다.

고정아 씨의 절친한 친구 이정윤 씨는 사고 이후 한동안 친구를 잊고 살 았다고 고백했다. "억울하게 세상을 떠난 친구를 생각하지 않으려고 더 열 심히 살았어요. 그 덕에 회사에서 인정받고 좋은 엄마, 좋은 아내가 됐죠. 어느 날 퇴근하려고 지하철을 탔는데 그날따라 사람이 많았어요. 간신히 서서 가는데 한 역에 멈춰서 안 가는 거예요. 앞 열차와의 간격을 위해서 잠시 정차한다고. 그런 안내 방송을 처음 들은 것도 아닌데 그때 정아 생각 이 났어요. 터져 나오듯이. 정아는 얼마나 무서웠을까, 내가 산 시간을 못 산 정아는 얼마나 억울할까……." 이정윤 씨는 눈물을 흘리며 고정아 씨의 사진을 쓰다듬었다.

신문 기사를 스크랩한 부분이었다. 고모는 영정 사진이 든 액자 를 무릎에 세워 두고 카메라를 똑바로 보고 있었다. 이리리는 기 사 가까이 코를 대고 고모의 표정을 확인하려 했다. 오래된 종이 신문은 고모의 얼굴을 제대로 담아내지 못했다. 순간, 고모의 얼 굴이 녹아내리는 듯 보여 이리리는 몸을 바로 세웠다. 폭우가 내 리면 빗물 때문에 유리가 녹아 흐르는 것처럼 보이듯, 고모가 슬 픔으로 흘러내리는 것만 같았다. 이삭. 이리리는 작게 그 이름을 중얼거렸다. 기사는 끝까지 읽지 못했다. 그 내용이 이삭의 미래 가 될 것만 같았다. 이삭도 불면, 두통, 환각, 공황, 우울증에 시 달리다가……. 이리리는 바인더를 덮고 상자 안에서 노트를 꺼냈다. 거기에는 다른 이야기가 나오길 바라며 페이지를 펼쳤다.

정아에게

편지를 쓰기 위해 편지지가 아닌 노트를 산 걸 보니, 너는 정말 세상에 없구나. 나는 얼마나 더 많은 편지를 네게 써야만 이 고통에서 벗어날까?

정아에게

더 이상 기차도 지하철도 탈 수 없게 됐어. 네가 미운 마음은 언제 가시는 걸까.

정아에게

꿈속에서 너는 희생자 명단에 없어. 답답해진 나는 엉망이 된 열차 안을 뒤져. 꿈을 다 꿀 때까지 너는 보이지 않아.

정아에게

오늘 꿈에서는 네가 멀쩡히 살아 있었어. 그래서 '그래, 다들 잘못 알고 있었던 거야'라고 생각하면서 깼어. 장례식이 끝난 후 한 번도 연락하지 않던 네 남편의 번호를 찾아 전화를 걸었어. 신호음이 두 번 울리고 나서야 모든 걸 깨닫고 끊었어.

고정아

고정아

일기 같은 편지였다. 고모는 친구를 원망하고 미워하다 그리워
했다. 슬퍼했다. 이삭과 같이 온 게 잘한 걸까? 지금 내가 널 죽이
는 거라면?

집 안의 고요함이 이리리를 덮쳤다. 산새와 매미 소리뿐인 집
안이 넓고 횅하게 느껴졌다. 이삭이 걸어 다니고 숨을 쉬고 책을
읽으며 내는 소리. 책을 읽어 주는 목소리가 영영 사라질 수 있다
는 생각에 무서워졌다. 죽은 이후를 걱정할 필요가 없다고 생각했
다. 산 사람들은 알아서 살 거라고 생각했다. 그러나 고모는 산 사
람이었다가 죽은 사람이 됐다. 이리리는 죽은 이삭을 상상할 수
없었다. 이삭은 죽지 않아야 했다. 해파리가 영원히 살 수 있는 동
물인 것처럼 이삭 역시 영원히, 영원히. 이리리가 죽은 이후에도
세상이 사라진 이후에도 살 수 있어야 했다.

"이삭."

조금 더 소리 높여 이삭을 불렀지만 답은 돌아오지 않았다. 어
떤 기척도 느껴지지 않았다. 이리리는 바인더를 덮어 식탁 끄트머

리에 밀어 뒀다.

"이삭!"

더 크게 부를수록 집안에 목소리만 울릴 뿐이었다. 아침에 깨어난 이삭도 빈 침대를 보고 이렇게 내 이름을 불렀겠지. 이리리는 숨이 가빠졌다. 화가 나서 가버린 걸까. 급하게 거실을 지나쳐 현관으로 갔다. 신발을 신으려 고개를 숙이자 흰 운동화 안에 든 깃털이 보였다. 깃펜에 쓰일 듯 길고 매끄러운 것이었다. 이리리가 허리를 숙여 그것을 집어 들자, 순간 빛을 받은 검은 깃털이 푸른색과 보라색으로 보였다. 프리즘을 들여다보던 어린 시절처럼 시선이 빼앗겼다. 가빠지던 숨은 점점 침착해졌다. 깃털을 쥔 손을 해가 드는 쪽으로 뻗어 이리저리 돌려 봤다. 검은색. 검푸른색. 푸른색. 푸른 보라색. 검은색. 보라색. 신발을 신고 마당으로 나가며 어떻게 신발에 이렇게 한 개만 꽂혀 있을 수 있는지 생각했다. 주변을 둘러봐도 새는 보이지 않았다. 대신 마당 입구에 놓인 커다란 잎사귀가 눈에 띄었다.

이리리의 얼굴보다도 큰 잎사귀 위에는 희고 노란 들꽃 몇 송이가 가지런히 놓여 있었다. 날아가지 말라는 듯 그 위에 얹어 둔 돌멩이를 보니 이삭이 한 일이구나, 싶어 이리리는 긴 숨을 내뱉었다. 떠나지 않았다. 사라지지 않았다. 그 안도감에 얼굴을 묻고 싶었다. 이리리가 깃털, 꽃, 잎사귀를 품에 안고 아침에 산책했던 오솔길로 걸음을 돌렸다. 갈수록 걸음이 빨라졌다. 멀지 않은 곳에 이삭이 보였다. 등을 기대고 앉아 있던 그 나무 앞에 쭈그리고 있었다. 더는 이름을 부르지 않고 가만히 다가가 옆에 앉았다. 이삭은 고개를 돌려 이리리를 봤다가, 다시 땅을 바라봤다. 거기에는 작고 솜털이 채 사라지지 않은 새 한 마리가 죽어 있었다. 사체는 멀쩡했다. 기절한 것처럼 보이기도 했다.

"어쩌다 죽었을까. 아기 새 같은데."

"원래 이맘때 어린 새들이 많이 죽어."

"왜?"

"나는 게 서툴러서."

이리리는 높은 나무를 올려다봤다. 이렇게 자라기까지 몇 년이 걸렸을까, 생각하다가 이 새는 이제 능숙하게 날 수 없겠구나, 싶었다.

"그럴 만한 높이네."

이삭은 손끝으로 조심스레 새의 머리와 등을 쓰다듬었다. 슬퍼하는 것 같았다. 이리리의 눈에는 어느 순간부터 이삭의 슬픔이 보였다.

"선물 고마워."

그 슬픔을 조금이라도 몰아내고 싶어 웃으며 말했다. 이리리는 품고 온 것을 바닥에 내려놨다. 이삭은 잠시 눈길을 주곤 고개를 한 번 끄덕였다.

"기뻤어?"

"응?"

"선물 받고, 기뻤어?"

눈이 마주쳤다. 이리리는 입꼬리를 올린 채 있을 수 없었다. 차라리 텅 빈 눈이었을 때가 좋았을까? 나뭇잎 사이로 들어올 햇빛에 이삭의 눈동자가 반짝였다. 그 반짝임 때문에 눈물이 고인 것처럼 보였다.

이삭이 깃털을, 꽃을, 잎사귀를 주워다 놓은 건 가지 말라는 말이었다. 전에 와 봤으면 좋았을 거라는 이리리의 말이 내내 이삭을 맴돌았다. 전에 여길 한 번이라도 왔으면 이리리가 죽지 않을 수 있지 않을까. 세상 어딘가에 이 집이 있고, 이 집 주변에는 이렇게 예쁜 깃털을 가진 새가, 여름이면 피어나는 개망초가, 개오동나무의 푸르고 커다란 잎사귀가 있다는 걸 알면 며칠, 혹은 몇 주, 어쩌면 몇 년 더 살아 주지 않을까. 그런 마음으로 이리리를 화나게 하지 않을 만큼 조용하게 움직였다. 남아서 혼자 괴로워하는 건,

이제 그만하고 싶어.

어린 이삭은 할머니에게 나가지 말라고 투정 부리지 못했다. 밖에서 문을 걸어 잠근 할머니가 집에서 멀어지는 걸 창밖으로 확인

하고 나서야 울었다. 울음소리가 새어 나가지 않게 울다가 점점 더 크게 울었다. 아빠를 좋아하지 않았지만 사랑받고 싶었다. 좋아하면 사랑받을 수 있을까 봐 아빠가 오면 괜히 주변을 맴돌곤 했다. 받아쓰기 공책을 거실에 두기도 했다. 아빠는 그 공책을 열어 보지 않았고 할머니는 제대로 치우지 않았다고 이삭을 혼냈다. 좋아할 수 없었다. 사랑받을 수도 없었다. 아빠가 다시 떠나고 오래도록 연락이 없으면 공중전화 부스를 맴돌았다. 동전을 넣고 다이얼 버튼을 누른 적은 없었다. 전화하면 아빠는 더 멀리로 가서 더 오래 돌아오지 않을 것 같았다. 자길 잊을 것 같았다. 사랑할 기회가 사라질 것 같았다.

이리리에게 조르고 싶었다. 이삭은 이리리의 앞에서 소리 내 울고 싶었다. 죽지 말라고 말하고 싶었다. 네가 죽으면 나는 어떻게 사냐는 협박을 하고 싶었다. 시시때때로 죽지 마. 그 한마디가 튀어나오려고 했다. 그러나 어릴 때 배우지 못한 투정을 갑자기 익힐 수는 없었다. 이삭은 서툴렀다. 서툴러서 죽은 새처럼 서툴러서 혼자 남을 것 같았다. 혼자 남으면 그 뒤는 아무것도 없었다. 기회는 애초에 없었다. 사라지는 게 아니었다. 원래부터 없는 거기에 이삭이 만들어야만 했다. 이삭은 자기가 싫었다. 이렇게까지 싫었던 적은 없었다. 싫다는 마음을 선명하게 느끼고 벗어날 수 없는 건 처음이었다.

"묻어 주자."

기쁘다고 답하는 대신, 이리리는 잎사귀에 새의 사체를 올려놨다. 그 위에 꽃을 올리고 잘 감쌌다. 그리고 뾰족한 모서리가 있는 돌 두 개를 찾아와 하나는 이삭에게 건넸다. 둘은 풀이 무성한 곳을 피해서 작은 구덩이를 파기 시작했다. 돌을 잡은 손이 아팠지만, 생각보다 땅이 잘 파지지 않았지만 누구도 포기하지 않았다. 자잘한 돌멩이를 골라내고 다시 파는 걸 반복했다. 작고 오목한, 굴이나 구덩이가 아니라 홈 같은 못자리가 생겨났다. 이리리는 새를 감싼 잎사귀를 그 안에 넣었다. 위에는 깃털을 올려 줬다.

"꼭 나는 걸 배워. 꼭 잘 나는 새가 돼. 다시는 죽지 마."

기도 혹은 부탁 같은 이리리의 말을 들으며, 이삭이 흙을 덮었다. 봉긋하지 못한 무덤이 완성됐다. 자리를 털고 일어나려는데 이리리가 손끝으로 구석구석 뜯어내 새 모양으로 만든 나뭇잎을 무덤 위에 올려놨다.

"친구가 있어야 되니까."

이삭은 새 모양 잎 위에 돌멩이를 얹었다.

"친구가 가면 안 되니까."

이름 모르는 새가 울었다. 커다란 바람이 빽빽한 나무 사이를 지나가며 나뭇잎 흔들리는 소리가 파도 소리처럼 멀리서부터 밀려왔다. 이삭은 이리리를 향해 고개를 돌리고 있었다. 이리리는 나뭇잎 새만을 바라봤다. 친구가 가면 안 된다는 말이 자신을 가리키는 것인지 이삭을 가리키는 것인지 정확히 알 수 없었다. 하나는 죽고 하나는 자리를 지킨다는 게 슬펐다. 문득 두려워졌다. 이리리는 외로워서 죽기로 결심했다. 아무도 자기 말을 들어 주지 않기에 정말 아무도 없는 곳에 가려고 마음먹었다. 부모는 이리리가 될 수 없는 이리리를 바랐다. 여자친구는 살고 싶어서 이리리를 등 떠밀었다. 떠밀리다가 만난 게 이삭이었다. 사실 이삭이 아닌 내가 해파리였던 걸까. 내 커밍아웃을 받아 주는 가족이 있고 여자친구가 옆에 계속 있었다면, 이삭과 말 한 마디 섞지 않고 졸업했을 수도 있었다. 그러나 해류는 이리리를 이삭에게로 보냈다. 파라솔이 들어선 해변으로. 갈매기와 사람들이 풍경화처럼 보이는 곳으로. 물결이 햇빛을 반사하며 피부를 그을리는 그곳으로. 이리리는 이삭을 만나 자신이 행복했다는 걸 새 무덤 앞에서 깨달았다. 살 수 있을 것 같았다. 이삭은 훨씬 전부터 바다에 살고 있었다. 내 마음대로 흘러가지 않는 해류에서도 살아남은 사람이었다. 말이 없고 무뚝뚝하지만 속마음을 숨기는 걸 못하는 애. 무심한 것 같으면서 누구보다 상냥한 애. 이삭이 사 준 슬리퍼를 신고 해변으로 가는 길은 소풍 같았다. 해파리처럼 보이지만 사실은…

빗해파리.

그래. 이름도 생김새도 해파리와 비슷하지만 스스로 수영할 수

186

있는 개체. 최근 연구에 따르면 해면이 아닌 빗해파리가 지구 최초의 동물로 유력하다는 그 종. 단세포 생물과 동물의 경계에 있는 것. 상처 입은 두 마리를 묶어 놓았더니 한 몸이 되어 살아간다는 동물. 신경계까지 하나로 합쳐진 무색투명의 몸. 그 몸에 있는 여덟 개의 빗 모양 판이 빛을 반사해 화려하게 반짝이는, 해파리지만 해파리와 전혀 다른, 빗해파리. 이리리는 가을쯤에 뒤늦게 휴가를 받은 부모와 함께 갔던 바다를 떠올렸다. 중학생이던 이리리는 바다가 재미없었다. 부러 찾아간 해양 과학관에서 뭐가 별로네, 이건 조잡하네 하는 부모도 시시했다. 그때는 재미없어하고 시시해하는 게 좋았다. 그럴 때면 자기가 조금 더 나은 사람이 되는 기분이었다. 해양 과학관에는 해파리 표본이 많았다. 구석에는 '빗해파리를 아시나요?'라는 소개문과 함께 사진만 여러 장 붙어 있었다. 표본도, 수조도 없었다. 그것은 시시하지 않았다. 이리리는 마음을 빼앗겼다. 해파리라는 이름을 달았는데 해파리가 아니라니. 저렇게 예쁘게 반짝이다니. 해파리가 아니면서 해파리라니. 이렇게 오답에 가까운 정답의 모습을 한 동물이 있다니. 정말 너 같아, 이삭아. 그때 기억을 그렇게 갈무리하며 이리리는 주먹을 꼭 쥐었다.

그런 너를 만난 내가 죽을 수 있을까?

모든 게 말도 안 되는 일 같았다. 죽으면 이삭을 보지 못한다.

죽으면 이삭은 혼자 남는다. 이삭은 이리리를 잊는다. 혹은 잊지 못해서 아프다. 이리리에게 이삭은 친구다. 이삭 역시 그렇게 느끼는 듯하다. 하나의 답을 얻기 위해 여러 수식이 필요한 문제와 같았다. 이삭의 눈 옆 상처와 이리리의 손바닥을 맞대면 한 몸으로 이어질 듯했다. 한 몸이기도 하면서 친구이기도 한 너에게 나는 당당히 상처 줄 수 있을까.

"다리 저리다. 내려가자."

이리리는 이미 더 이상 문제 풀이는 하지 않겠다고 다짐한 터였다. 생각하길 멈추고 몸을 움직였다. 이삭 역시 이리리의 뒤에서 천천히 오르막길을 내려왔다. 집으로 돌아온 이리리는 식탁 앞에 앉았다. 방금 전까지 쓰던 유서가 그대로 남아 있었다. 단 한 줄의 거짓말도 쓰이지 않았다. 모두 이리리의 진심이었다. 이삭은 방해하지 않고 읽던 책을 챙겨 침실로 들어갔다. 이리리는 안심했다. 지금 이삭이 죽지 말라고 했다면, 또 한 번 슬픈 얼굴을 보여 줬다면 유서를 찢어 버릴 수 있을 것만 같았다.

침대에 모로 누운 이삭의 등이 보였다. 이리리는 펜을 잡았다.

지금 바라는 게 있다면

그렇게 적어 놓고 이리리는 입술을 안으로 말아 물었다.

마지막까지 내 편을 들어 준 단 한 사람.

그 애가 나처럼 죽지 않았으면 좋겠다.

이삭. 정확하게 이름을 쓰고 싶었지만 그러지 않았다. 이삭은
이리리의 죽음에 아무 연관이 없어야만 했다. 그래야만 했다. 펜
을 쥔 손이 하얗게 질렸다.

이제 나는 다 괜찮은 곳으로 간다.

그게 맞다.

조금 슬퍼하고 곧 괜찮아질 거라는 걸 안다.

나는 잊히러 간다.

무언가 더 쓰고 싶어서 종이 위에서 손이 움찔거렸지만 이리리
는 참아 냈다. 차분하게 오늘 날짜를 적었다. 그 밑에는 자기 이름
석 자를 천천히 눌러 적었다.

이리리

종이를 반듯하게 접어 바인더 아래에 넣어 뒀다. 이리리는 한동
안 이삭의 마른 등을 바라보고 앉아 있었다. 몸을 돌리다 눈을 마

주친 이삭이 배고파? 하고 물었다. 이리리는 고개를 끄덕였다. 이삭은 슈퍼에서 소면과 간장을 사 왔다. 물에 간장과 소면을 넣어 끓이고 달걀을 풀어 넣었다. 이리리는 먹으면서 맛있다, 맛있다 했다. 이삭은 이 식사가 엉망이라는 걸 알고 있었다. 맛을 가리지 않는 입맛에도 국수는 끔찍했다. 그렇지만 다행이다, 대꾸했다. 둘은 맛없고 양 많은 국수를 다 먹고 잠시 낮잠을 잤다.

11

"넌 모레 새벽에 여기를 떠나."

점심 설거지를 마치고 막 돌아선 이삭에게 이리리가 말했다. 이리리의 말투는 물 한 잔 달라는 것처럼 평온했다. 이삭은 젖은 손을 티셔츠 자락에 천천히 문질러 닦았다. 며칠 더 시간이 있다고 생각했다. 적어도 이틀 이상일 거라고 생각했다. 이리리가 유서를 끝마치는 걸 봤다. 몰래 읽어 보지 않았지만 마지막에 '하지만 나는 살고 싶어졌다'로 끝날지도 모른다는 생각이 들었다. 아니었다. 이리리는 차분했다. 남은 오늘과 내일 하루를 어떻게 보낼지 머리에 다 들어 있는 듯했다. 그런 사람 앞에서 어떤 표정을 지어야 하는지 이삭은 알지 못했다.

"넌?"

"나?"

이리리는 손가락으로 자신을 가리키며 되물었다. 잠시 눈을 깜빡이다가 아, 하며 고개를 끄덕였다.

"응. 나는 내일 밤에."

"……."

"물론 그 전에 떠나도 돼."

티셔츠 자락이 축축해졌다. 이삭은 고개를 숙여 복사뼈가 튀어나온 자신이 발목을 바라봤다. 어디로든 걷고 싶었던 발이었다. 숨이 차도록 달리는 게 기뻤던 며칠 전 새벽을 떠올렸다. 바보 같은 기쁨이었지. 그 말을 삼키며 다시 고개를 들었다.

"같이 마을에 내려가자. 슈퍼에서 장 봐야 해."

"어차피 내일 저녁까지만 있을 건데? 남은 거 많잖아."

이삭은 다시 고개를 숙였다.

"그럼 산책하러 잠깐 나가자."

"더워."

이리리는 선풍기 앞에 앉아 온 얼굴로 바람을 맞았다. 장난스레 이사아아아아악, 하고 선풍기에 대고 말했다. 목소리가 돌아가는 날에 잘려 조각나듯 들렸다. 편안해 보였다. 이리리는 떠나는 게 괴롭지 않은 것 같았다. 절대 돌아올 리 없는 사람 같았다. 아빠도 할머니도 아쉽기 때문에 이삭을 찾았다.

"같이 내려가 줘."

이삭이 고개를 푹 숙인 채 부탁했다. 이리리는 장난을 그만두고 이삭을 올려다봤다.

"이삭, 무슨 일 있어?"

"어제 마을에서 우리 엄마 같은 사람을 봤어."

거짓말이었다. 이삭은 엄마가 어떻게 생겼는지, 이름이 뭔지 전혀 알지 못했다. 이삭에게 남은 엄마의 흔적이라고는 자기 자신 뿐이었다. 이리리는 놀란 얼굴로 자리에서 일어났다. 이삭의 두 팔을 부드럽게 잡고 무슨 말이냐고 되물었다.

"사진에서 본 엄마랑 똑같아. 나이대도 비슷해 보이고. 그리고, 그리고……."

말하면서도 말이 안 된다는 걸 이삭은 알고 있었다. 사진으로 만 본 사람을 어떻게 알아봐. 지금은 40대가 됐을 텐데? 그러나 이리리는 믿고 있었다. 슬쩍 눈을 들어서 본 이리리의 얼굴은 진지했다.

"아빠 말로는 엄마 눈, 응. 눈가에 흉터가 있대. 똑같아."

며칠 전 생긴 상처를 가리켰다. 이리리는 걱정스런 얼굴로 이삭을 바라봤다.

"혼자서는 용기가 안 나."

당장이라도 이리리가 거짓말 말라며 등을 돌릴 것 같았다. 오히려 이리리를 화나게 하는 건 아닐지. 그래서 더 빨리 떠나려는 건 아닐지. 그 걱정에 이삭의 입술이 파르르 떨렸다. 손바닥이 땀으로 축축해졌다. 더는 거짓말을 이어 나갈 자신이 없었다.

"가자."

이리리가 이삭을 끌어안았다. 그 힘이 생각보다 너무 세서 이삭이 놀랐다. 이렇게 단단히 붙들어 주는 힘이 어디서 나오는지 알 수 없었다. 날 잡고 있으려면 너도 여기 붙박여야 하지. 그렇다면 영영 이렇게 있자. 이삭은 쭈뼛거리며 이리리의 등을 토닥였다.

"고마워."

"아냐, 말해 줘서 고마워. 너한테 뭐라도 해 줄 수 있어서 좋아."

눈만 마주쳐도 모든 게 들통날 것 같았다. 이삭은 여전히 고개를 숙인 채 고개를 끄덕였다.

"가는 김에 슈퍼도 들리고 산책도 하면 되겠네."

이리리가 밝게 웃었다. 이삭은 그게 미안했다. 미안하면서 어쩔 수 없다며 자신을 달랬다. 네가 요정 나라로 통하는 동굴에 들어간다면 나는 술래 하기 싫다고 드러눕기라도 해야지. 백 년을 기다려도 너는 돌아오지 못하는데. 둘은 찬장에서 보온병을 꺼내 물을 담고 옷장에서 오래된 벙거지 두 개를 꺼내 썼다. 이리리는 흰색, 이삭은 빨간색이었다. 서로 촌스럽다고 웃었다. 내리막을 달리듯 내려가며 와하하 웃었다. 이삭은 이 거짓말이 점점 마음에 들었다.

막 도착했을 때처럼 마을은 조용했다. 잠자리가 날아다니고 있었다. 이리리는 아이처럼 걷다가 멈춰서 하늘을 올려다보길 반복했다. 이삭의 정수리 위에 잠자리 한 마리가 잠시 앉는 것을 보고는 원래부터 장식으로 달려 있는 것 같다며 웃었다. 이삭의 마음을 편하게 해 주고 싶었다. 마주쳤다는 사람이 진짜 이삭의 엄마가 아닐 확률이 높았다. 그렇게 말할 수 없었던 건 이삭이 고개도 들지 못하고 입술까지 떨고 있었기 때문이었다. 태어나서 본 적 없는 엄마를 우연히 마주친다면 그 마음은 어떨까. 원망할까? 안고 싶을까? 아무것도 상상할 수 없었다. 이삭 역시 어떤 감정을 느껴야 하는지 잘 모르는 것 같았다. 엄마인지 아닌지 확인하러 가는 동안 그런 마음만 느낄 수는 없었다. 이삭이 여기서 더 외로워지는 건 용납할 수 없었다. 이리리는 자기를 보고 힘없이 웃는 이삭의 손목을 잡아끌었다.

"저거 뭐야?"

"감자."

끊임없이 시선을 돌려야 했다. 마침 길옆으로 큰 밭이 있었다. 그게 감자라는 것쯤은 이리리도 알고 있었다. 손가락을 옮겨 가며 이것저것 물었다. 양배추. 저건 고추. 가지. 이삭은 스피드 퀴즈에 나온 사람처럼 바로바로 대답했다. 역으로 다른 식물들을 가리키며 이리리에게 저건 뭔지 알아? 묻기도 했다.

"에이, 저건 알지. 깻잎!"

"땡. 콩이야."

"콩잎이 저렇게 생겼구나?"

밭둑으로 내려가려는 이리리를 붙잡은 이삭이 붙잡았다.

"흰 신발 다 버린다."

이리리는 상관없다는 말을 참았다. 신발이 더러워지는 건 언제나 상관없었지만, 내일을 앞두고 그런 말을 하면 이삭이 상처받을 것 같았다. 그 사람이 엄마가 아니라면? 엄마가 맞다면? 어쨌든 생각이 많아질 이삭을 두고 내가 떠난다고? 이삭이 버티지 못하면? 이리리는 어디선가 불쑥 나타난 작고 흰 개가 이삭의 발치에서 꼬리를 흔드는 것을 보았다. 이삭은 쭈그리고 앉아 개를 쓰다듬었다. 순하고 손을 타는 모습이 이삭과 닮아 보였다. 이리리는 벙거지를 더 꾹 눌러썼다. 눈물이 나올 것 같으면 내려 쓰고 괜찮아지면 챙을 올려서 동네를 둘러봤다. 간간이 마을 사람들이 보였지만 이삭의 엄마 또래로 보이는 사람은 없었다. 이삭과 이리리는 남매처럼 보이는지 누구네 집 애들이냐는 질문을 받았다. 이리리는 저기 초록 지붕 집이라고 답했다. 사람들은 거긴 빈집 아니냐고 고개를 갸웃거렸다. 둘을 아는 사람은 아무도 없었다.

"남매 같긴 하다. 모자도 똑같은 거 쓰고. 성도 같고 이름 이상한 것도 같고."

"쌍둥이?"

"응, 쌍둥이."

어디까지가 이 마을이고 눈앞의 골목을 돌면 뭐가 나올지 알 수 없었지만 둘은 걸었다. 땀이 흘렀다. 이삭은 눈가 상처가 따끔거려 연신 땀을 닦아 냈다. 점점 말은 없어졌다. 이삭의 가방에 넣어 둔 보온병도 거의 다 비운 채였다. 여름은 여름이었다. 이삭은 햇빛 아래를 걸으며 아무 일도 일어나지 않길 바랐다. 죽을 때까지 이 더위 속에서 걸어야 한다고 해도 괜찮았다. 아무도 나타나지 않고 아무도 사라지지 않고.

"이삭, 잠깐만 쉬었다 가자."

결국 지친 이리리가 멈춰 섰다. 얼굴이 새빨갛게 달아오른 채였다. 이삭은 언젠가 열사병으로 쓰러졌던 앞집 할아버지를 떠올렸다. 중학생이던 이삭은 할아버지를 업고 그늘로 데려갔다. 눈이 돌아갔던 할아버지의 얼굴이 떠올라 순간 소름이 돋았다. 바로 앞에 폐교가 보였다. 이 건물에 작은 운동장이 딸려 있었다. 스탠드 옆에 커다란 측백나무가 길게 그림자를 드리우고 있었다. 이리리의 걸음이 뒤처지지 않게 뒤에서 어깨를 밀며 그쪽으로 나아갔다. 운동장 가득 강아지풀이 자라 있었다. 그 사이를 헤치고 걸으며 이리리는 간지럼 태우는 것 같아, 하고 힘없이 웃었다.

차갑게 식은 시멘트에 앉은 이리리가 몸을 뒤로 길게 눕혔다. 이삭은 옆에 앉아 남은 한 컵의 물을 이리리에게 건넸다. 바람이 불어왔다.

"좀 살겠다……."

이리리의 홍조가 점점 옅어졌다. 이삭은 고개를 돌려 금이 가고 칠이 벗겨진 책 읽는 소녀 동상을 올려다봤다. 책을 받치고 있는 손에 이끼가 끼어 있었다. 아주 소중한 것을 들고 있는 것만 같았다.

"워!"

놀란 이삭이 입만 벌린 채 소리도 내지 못했다. 그 모습에 이리리는 다시 얼굴이 빨개져라 웃었다. 이삭은 눈만 흘기며 이리리처럼 뒤로 몸을 뉘었다. 측백나무의 촘촘하고 얇은 잎사귀 몇 개가 둘의 얼굴로 떨어졌다.

"초등학교였나 봐."

"어떻게 알아?"

"초등학교는 아무리 학생 수가 적어도 있어야 하거든."

"그래? 그럼 여긴……. 어쩌다 폐교된 걸까."

결국 아무도 남지 않게 되면.

이삭은 그 말을 삼켰다. 동시에 너무나 하고 싶었다. 이리리에게 부담을 주고 싶은 동시에 자신이 걸리지 않게 비켜 주고 싶었다.

"나 폐교는 처음 와 봐. 구경하자."

기운을 차린 이리리가 먼저 일어나 손을 내밀었다. 이삭은 쉽게 그 손을 잡지 못했다.

"무섭냐? 은근히 겁 많다니까."

무엇이든 하고자 마음먹었으면 해내고 마는 애. 그걸 알고 있는 이삭은 너나 도망가지 말라며 자리에서 일어났다.

정문은 자물쇠로 잠겨 있었지만 건물 뒤로 가니 창문 하나가 깨져 있었다. 창틀에 유리 조각이 붙어 있지 않아 깔끔했고 높이도 낮아서 둘 다 쉽게 넘어갈 수 있었다. 발을 옮길 때마다 마룻바닥이 끽끽 소리를 냈다. 먼지가 날렸다. 곳곳에 음료수 캔이나 꽁초, 인형 같은 뜬금없는 쓰레기가 버려져 있었다. 이삭과 이리리는 누가 들을 새라 조용히 움직였다. 아무도 없는데 그랬다. 교무실의 캐비닛은 문이 모두 열려 있었다. 복도 벽에는 '오늘도 웃어요'라는 팻말과 거울이 걸려 있었다. 먼지만 끼고 금 간 곳 없는 거울에 둘의 모습이 비쳤다. 비슷한 옷차림 때문에 둘은 애니메이션에 나오는 도둑들 같았다. 이리리가 작게 만화 같아, 하고 속삭였다. 이삭은 그 순간을 사진으로 남기고 싶었다.

2층에는 1-1부터 6-1까지 여섯 개의 교실이 늘어서 있었다. 6-1 교실부터 창 너머로 구경했다. 전부 잠겨 있거나 유리가 날카롭게 깨져서 들어가지 못했다. 열려 있는 건 1-1 교실뿐이었다. 책걸상이 다른 교실에 있는 것보다 더 작았다. 색이 바랜 그림

과 종이접기 들이 뒤편 게시판에 붙어 있었다. 칠판은 욕, 음담패
설, 누군가의 이름으로 가득했다.

"우리 말고도 많이 왔다 갔나 봐."

이리리는 소리내 낙서를 읽기 시작했다. 욕, 음담패설, 누군가
의 이름 모두 가리지 않고 읽었다. 어떤 것은 읽으며 웃기도 했다.
창으로 점점 저물어 가는 여름 햇빛이 들어왔다. 이삭은 지금 이
순간이 아주 다른 세계의 것인 것만 같아 눈을 뗄 수 없었다. 이리
리가 죽지 않아도 되는 세계. 이삭이 사라지지 않아도 되는 세계.
거짓말 같은 건 상관없어졌다. 이런 세계라면 사실 그건 다 거짓
말이었어, 말해도 이리리가 화내지 않을 것 같았다. 돌아갈 집이
있고 그 집에는 할머니가 없다. 아빠도 오지 않는다. 이리리는 밥
을 먹고 웃는다. 백 년을 기다리지 않아도 된다. 둘 다 요정 나라
에 가면 되는 거야. 그래, 거기라면…….

"이삭, 이거 봐!"

이 리 리

이   삭

왔다감

분필 조각을 찾은 이리리가 오래된 낙서 위로 새 낙서를 했다.

간격을 맞춰서 또박또박 적은 걸 보자 이삭은 꿈에서 깨어나듯 왔으니 갈 수밖에 없음을 깨달았다. 그러자 머물고 싶었던 풍경이 끔찍하게 변했다. 먼지투성이에 쓰레기가 구르는 폐교는 요정 나라가 아니었다. 다른 세계가 아니었다. 이리리가 죽고 이삭은 사라지는 세계가 그대로 있었다.

"마음에 든다."

둘의 이름은 거울이나 캐비닛, 책걸상처럼 오래오래 버려진 채 남아 있을 예정이었다. 이리리는 사라지지 않는 게 하나쯤 있다는 게 좋았다.

"죽을 때까지 못 잊을 것 같아. 폐교 탐험이라니."

"내일까지만 기억할 거야?"

날 선 말투에 이리리가 이삭을 돌아봤다.

"그럼 죽어서도 잊지 않을게."

이리리가 웃었다. 이삭은 그게 싫었다.

"결국 그분은 못 뵀네. 돌아가는 길에 다시 살펴보자. 마을 사람들한테도 좀 물어보고."

"됐어."

"포기하지 마. 혹시 모르잖아."

노을이 더 붉어졌다. 이리리는 이만 돌아가자며 교실 밖으로 나갔다. 이삭은 이대로 거짓말이 밝혀지지 않길 바랐다. 집으로 돌아가 사실 아까 멀리서 본 누군가가 그 사람과 같은 모자를 쓰고 있었다든가 하는 거짓말을 몇 개 더 만들어 낼 수 있을 것 같았다. 밝혀지지 않을 것 같았다. 이리리는 이곳을 몰랐다. 이삭의 엄마에 대해서도 아는 게 없었다. 꾸미면 꾸미는 대로 이리리는 이삭을 믿을 게 분명했다. 거기까지 생각한 이삭은 문득 미안해졌다. 앞서 걸으며 엄마를 만나면 무슨 말을 할 거냐고 묻는 저 애는 나를 의심하지 않는구나. 의심하는 법을 모르는구나. 그래서 ▨▨에 대한 이야기도 다 했던 거야. 내가 다 받아들일 거라고, 내가 그럴 수 있는 대단한 사람이라고 믿었으니까. 저 애 눈에 나는 너무 대단해서 친구의 죽음도 지켜볼 수 있는 사람이구나.

왔던 길을 되돌아가 슈퍼로 들어갔다. 슈퍼 주인도 어느 집 애들인지 물었다. 이리리는 대충 둘러대며 매운 라면 다섯 개들이를 골랐다. 계산하던 이리리가 혹시, 하며 입을 열었다.

"여기, 이쪽 눈 옆에 흉터가 있는 아줌마 아세요? 40대 정도 되는."

"흉터가 있는 40대 여자?"

"네. 이 마을 아니고 근처 누구라도요."

"집에 가자. 안 찾고 싶어."

"그래도 끝까지 알아봐야지."

주인은 눈을 굴리며 고민하다가 고개를 저었다.

"흉터 있는 여자도 없고 40대도 없어. 이장한테 전화해 줄까?

누구 찾는데?"

이삭은 그대로 슈퍼를 나왔다. 들켰다. 들킬 거야. 실망하고 화낼 거야. 싸늘한 얼굴로 화를 낼 이리리가 상상됐다.

"같이 가!"

이리리가 곧 따라 나왔다. 이삭은 고개를 들지 못하고 주먹을 꽉 말아 쥐었다. 악몽 같았다. 이 상황도 손가락이 아프도록 주먹을 쥐는 것도 모두 악몽을 꿀 때와 같았다.

"잘못 봤나 봐. 괜찮아. 그럴 수 있어. 이삭, 괜찮아."

거짓말은 들키지 않았다. 이리리가 이삭의 한쪽 손을 잡았다. 두 손으로, 아주 중요한 것을 받치듯이 잡고 힘을 풀도록 쓰다듬었다. 그 어느 때보다 다정한 목소리였다.

"실망했겠다. 괜찮아?"

이삭은 그 손을 뿌리쳤다. 거짓말이 들키지 않은 게 화가 났다. 이렇게까지 자신을 믿으면서 죽겠다는 이리리를 이해할 수 없었다. 놀란 이리리가 민망해진 손을 거뒀다. 이삭이 똑바로 고개를 들고 이리리를 바라봤다.

"거짓말이야."

"어?"

"엄마 같은 사람, 본 적 없어."

이리리는 상황을 이해하기 위해 잠시 가만히 있었다. 그새를 기다리지 못하고 이삭이 비 오던 날 매점에서처럼 쏘아붙였다.

"엄마 사진 같은 거 없어. 이름도 몰라."

"…왜 거짓말했어?"

"재밌잖아."

"재미?"

재미라고? 이리리가 한 번 더 되물었다. 이삭의 숨이 가빠졌다. 폭발하지 않으려고 천천히 숨을 들이쉬고 내쉬었다.

"이게 뭐가 재밌어? 이해가 안 돼. 왜 그런 걸로 거짓말을 해?"

"넌 내 앞에서 죽겠다고 하는데, 난 거짓말도 못 해?"

"네가 따라오겠다며. 그래 놓고 왜 내 탓이야?"

이리리는 이해되지 않는다는 눈으로, 이삭은 정말 화가 난 눈으로 서로를 바라봤다. 이삭이 먼저 고개를 돌렸다.

"넌 네 생각만 하지."

"너도 지금 네 생각만 하고 있잖아."

물러서지 않는 이리리가 이삭은 너무나 미웠다. 이리리와 천천히 눈을 마주쳤다. 두 눈 가득 화가 차올라서 눈가가 뜨거워졌다. 상처가 따끔거렸다.

"죽고 싶지 않다고 말해."

"……."

죽지 마. 그 말을 대신해서 나온 거였다. 이삭이 자신이 태어나

204

한 번도 이런 식으로 말해본 적 없다는 걸 깨달았다. 이리리는 고개를 저었다.

"안 죽을 거라고 말해!"

이삭의 목소리가 메아리가 되어 울려 퍼졌다. 개들이 짖었다. 슈퍼 주인이 유리문 너머로 둘을 바라보고 있었다. 아무 말도 하지 않는 이리리는 무서웠다. 무엇이든 종알거리던 입술이 저렇게 붙어 있을 수 있다는 게 놀라웠다. 한 번도 열리지 않은 입 같았다. 이삭은 알고 있었다. 정말 이기적인 건 자신이었다. 죽지 마. 그건 내가 싫으니까. 안 죽는다고 말해. 내가 그 말을 듣고 싶으니까. 이리리가 왜 죽으려는지 다 알고도, 손바닥에 멍이 든 걸 보고도 그런 마음이 들었다.

"나 갈게."

이리리가 몸을 돌려 앞으로 나아갔다. 미운 거 나야. 나한테 화가 나는 거야. 그렇게 가지 마. 이리리는 한 번도 돌아보지 않았다. 이삭의 몸은 움직이지 않았다. 달려가지 않았다. 해변에서 휴대폰을 빼앗아 달리는 이리리의 뒤를 쫓아갈 수 있었던 건, 이리리가 그럴 수 있게 해 줬기 때문이었다. 화가 난 이리리는 이번에는 따라오는 걸 허락하지 않았다. 이삭은 자리에 쭈그리고 앉아 이리리의 모습이 보이지 않을 때까지 바라만 봤다. 온 하늘이 붉었고 그 아래서 잠자리들이 날아다녔다.

12

이리리는 더플백과 백팩을 거실로 끌고 나왔다. 백팩에서 잘 개켜 넣어둔 춘추복을 꺼냈다. 이리리가 정한 '죽을 때 입을 옷'이었다. 이 옷을 입고 행복했다. 이 옷을 입고 죽고 싶었다. 이 옷을 입고 섬으로 갔으니 떠날 때도 이 옷을 입는 게 맞았다. 빳빳하게 다림질한 교복에서 익숙한 섬유 유연제 향이 났다.

교복을 내려놓고 집어 든 건 초등학교 때 쓰던 MP3였다. 마지막으로 음악을 들을 예정이었다. 전원 버튼을 꾹 눌러 방전되지는 않았는지, 노래는 잘 나오는지 확인했다. 오아시스의 노래가 이어폰에서 흘러나왔다. 그리고 자신의 사체가 훼손됐을 때를 대비한 학생증과 증명사진, 서랍에 넣어 둔 채 다시 열어 보지 않았던 주민 등록증 발급 안내서……. 무언가 빠진 듯한 느낌이 들어 이리리는 가방에 달린 지퍼를 모두 열어 보고 주머니에 손을 넣어 샅샅이 뒤졌다. 놓고 온 것은 없었다. 모든 것을 챙겨 왔다. 그것들을 다시 백팩에 넣고 이리리는 큰 숨을 한 번 들이쉬었다.

"이삭."

이리리는 고개를 돌려 문 열린 침실을 바라봤다. 이삭은 침대에 기대앉아 책을 읽고 있었다. 자신을 부른 소리에 움찔, 했지만 모르는 척 고개를 들지 않았다. 이리리가 조용히 한숨을 내쉬었다. 어제 이후 둘은 아직 한마디도 하지 않았다. 거짓말을 한 이삭에게 화가 났다. 이삭이 미웠다. 그건 잠시뿐이었다. 안 죽을 거라고 말해! 단호하게 외치며 자기를 똑바로 바라보던 눈빛이 떠올랐다. 이삭은 간절한 거다. 이삭은 이리리가 죽지 않길 바라는 거다. 해변에서 싸울 때도, 이리리가 이삭의 휴대폰을 빼앗아 도망칠 때도, 이삭은 소리 지르지 않았다.

내가 지금 널 괴롭히고 있는 것 같겠지만, 괴롭히고 있는 게 맞지만… 나는 물러설 곳이 없으니까 네가 봐줘. 그 마음을 담아 이삭을 한 번 더 불렀다. 그제야 이삭이 책을 내려놨다.

"이리 와. 보여 줄 거 있어."

이삭은 눈만 마주칠 뿐 움직이지 않았다. 말하지 않아도 표정에서 무슨 생각을 하는지 다 드러났다. 안 죽 겠 다 고 말 해. 이리리는 고개를 저었다.

"그러지 말고. 마지막인데 이렇게 헤어질 거야?"

이삭은 이리리에게 가장 잘 통할 거짓말이 뭔지 알고 있었다. 그리워해 본 적 없는 엄마가 튀어나온 건 그 때문이었다. 이리리 역시 이삭에게 가장 잘 통할 설득이 뭔지 알고 있었다. 마지막. 이삭이 자리에서 일어났다. 거실로 나와 이리리 앞에 앉았다. 허벅지에 팔꿈치를 대고 이리리를 바라봤다. 눈 안에 있다. 그건 아직 살아 있다는 증거. 이리리가 눈을 내리깔았다.

"싸가지 없이 굴어서 미안해. 그래도 오늘만 봐주라."

"…내일이 있는 것처럼 말하네."

이삭은 두 개의 가방과 이리리를 번갈아 보다가 눈썹 앞머리를 긁었다.

"죽으러 가면서 무슨 짐이 이렇게 많아."

"이건 네 거야."

이리리가 더플백 지퍼를 열었다. 안에는 휴대폰 하나와 케이스, 하얀 운동화 한 켤레, 두꺼운 노트가 들어 있었다. 그것들을 하나씩 꺼내 이삭 앞에 놓으며 이리리가 설명을 덧붙였다.

"전부터 하나씩 사 놨던 거야. 이렇게 주게 될 줄은 몰랐어. 휴대폰은 기차 타기 전에 샀어. 돈이 좀 부족해서 신형은 못 샀는데, 그래도 좋은 거래. 좋은 데 가서, 네가 안 사라져도 되는 데서는 이거 써. 좋은 전화만 받아. 케이스는 서비스로 받아 왔어. 잘

했지? 찾아봤는데 신발은 여기 게 편하대. 쿠션이 좋아서 많이 서 있고 많이 걷는 사람한테 좋대. 사이즈 몰라서 그냥 275로 샀다? 발 큰 것 같길래. 안 맞으면… 중고로 팔아. 노트는 그냥 내 욕심. 너에 대해서 써 봐. 무슨 색 좋아하는지, 어떤 노래가 좋은지, 음식은 뭐가 맛있는지, 어딜 갔는데 뭐가 좋았다든지. 내가 아쉬운 건 너를 더 많이 알지 못하고 가는 거야. 네가 공부해 와. 그리고 나중에, 나중에 나한테 알려 줘. 네가 어떤 사람인지."

"…금고 산다며."

"바보야, 그 쥐꼬리 알바비로 어떻게 금고를 사냐. 그냥 너랑 친해지려고 핑계 댄 거지."

웃음이 섞인 가볍고 활발한 목소리였다. 이삭의 입꼬리가 바람 잔잔한 날의 해수면처럼 작게 움찔거렸다. 무슨 말이든 하고 싶었고 아무 말도 하면 안 될 것 같았다.

"너 진짜 이상해."

쥐어짜듯 나온 말에 이리리는 웃음을 터뜨렸다.

"나 이상해?"

"제정신 아니야."

"제정신도 아니고?"

"제정신이면 어떻게 감당하라고 이런 걸 남기고 죽어."

고개 숙인 이삭의 뒷목에 척추가 도드라졌다. 오목하게 들어간

부분마다 슬픔이 소복이 쌓여 있음을, 이리리는 알고 있었다.

"미안해."

이삭에게만 할 수 있는 말이었다. 이리리가 이삭을 끌어안았다. 이삭은 이리리의 어깨에 얼굴을 묻었다. 뜨끈한 물기가 이리리의 어깨에 퍼져 나갔다.

"미안해, 이삭아."

이삭은 괜찮다는 말이 나오지 않는 자신이 싫었다. 이리리의 손바닥을 보았으므로 뭘 참고 뭘 견뎠는지 알았지만, 그래서 이제 이리리에게는 그럴 힘이 남지 않다는 사실 역시 알았지만, 이삭은 이기적으로 굴고 싶었다. 경찰에 전화해 제발 이 애를 데려가라고 하고 싶었다. 시간을 돌릴 수 있다면 아르바이트 자리는 없다고 말하고 싶었다. 죽고 싶었던 사람이 죽으려 마음먹게 되는 건 어떨 때지? 죽고 싶은 모두가 정말 죽는 건 아닐 텐데. 그럼에도 살아가는 사람도 있을 텐데. 재수 없는 나와 엮여서 그런 건 아닐까? 나는 부모에게도 할머니에게도 예기치 못한 불행이었으니까. 이리리에게도 그 불행이 옮은 건 아닐까? 세상에 이리리를 싫어할 사람보다 사랑할 사람이 더 많을 테니까. 이리리는 그런 애니까. 불행 말고 기적을 불러일으키는 사람이 나타나 기적적으로 이리리를 살리지 않았을까? 이삭은 이리리의 품 안에서 점점 더 아래로 가라앉았다.

"책은 다 읽었어? 빼논은 어떻게 돼?"

"아직 다 못 읽었어."

"밤부터 책만 보는 것 같더니 다 읽는 척이었구나?"

품에서 고개를 든 이삭이 이리리를 믿지 않게 노려봤다. 이리리가 웃었다. 이삭은 그 웃음소리가 듣기 좋으면서도 듣고 싶지 않았다. 마지막이라는 말은 주문 같았다. 이삭의 마음을 울렁거리게 했다. 풍랑 주의보가 내린 날의 해변에 혼자 서 있는 기분이었다. 주문에 걸렸다는 건 그 풍랑 주의보가 해제되지 않을 거라는 뜻이었다.

"이제 다 했어? 고모는? 더 궁금하지는 않아?"

"고모는… 잘 모르겠어. 고모 일기를 보면 되게 힘들어하는데 되게 살고 싶어 해. 고모가 자살했다고 해도 그럴 만하고 그게 아니어도 그럴 만한 것 같아. 어제 침대에 누워 있는데 문득 그런 생각이 들더라. 아, 사실 고모가 어떻게 됐든 나랑은 상관이 없구나."

"왜?"

"날 구할 수 있는 사람은 이 세상에 없으니까."

이리리는 그 말이 이삭에게 얼마나 잔인하게 들릴지 생각하지 않는 듯 눈을 내리깔았다. 정말 그렇게 믿는구나. 이삭은 이리리를 보고 있기 힘들어 바닥에 엎드려 누웠다. 이리리는 그 옆에 모로 누워 엎드린 이삭을 바라봤다.

"어디로 갈 거야?"

"아직 안 정했어."

"자리 잡고 돈 모으면 뭐부터 할 거야?"

"생각 안 해 봤어."

"스무 살 되면 뭐 하고 싶어?"

"몰라."

"혼자 여행도 갈 거야? 해외여행?"

"그것도 몰라."

"가 봐. 재밌을 것 같은데."

이삭이 가만히 고개를 돌려 이리리를 바라봤다. 너를 그리워하는 일 말고는 생각해 놓은 건 없는데. 이삭에게 사라진 이후는 중요하지 않았다. 섬에서 떠나고 할머니가 찾을 수 없게 숨어 버리기만 하면 됐다. 어디든 상관없었다. 그게 낯선 나라여도 괜찮았다. 어떤 일을 하게 되든 먹고살 수만 있으면 됐다. 먹고, 사는 걸 꿈꿨다. 그게 이삭이 가진 가장 밝은 희망이었다. 스무 살이 되면 할 수 있는 일, 혼자 떠나는 여행은 생각해 본 적 없었다. 그건 이리리에게 어울렸다. 이리리라면 사막을 가도 그곳의 멋진 점을 발견할 수 있을 거라 생각했다. 사랑할 수 있는 걸 찾아 마음껏 사랑하는 사람. 이삭에게 이리리는 사랑을 아는 사람이었다. 그러다 크게 다칠지라도. 스무 살이 아닌 열아홉 살의 멋진 점도, 이리리

너는 찾아낼 수 있을 텐데. 난 원래 그런 사람이 못 되니까 네가
알려 준다면 나도 세상을 좀 사랑할 수 있을 텐데.

이리리

이 삭

왔다감

거기서 이삭만 남는다니. 나는 그런 흔적을 남길 줄 모르는데.
네가 사라지면 세상에 내가 있었다는 걸 누가 알아주겠어. 이삭은
손을 뻗어 노트를 집었다.

"나중에 알려 줄게."

"진짜? 거기 다 쓸 거지? 나 기다리고 있는다?"

이리리가 새끼손가락을 펼친 손을 내밀었다. 이삭은 응, 대답
하며 손가락을 감았다. 엄지와 엄지가 맞닿았다. 이리리의 질문은
계속 이어졌다. 집을 구한다면 어떤 집이면 좋겠는지. 어떻게 꾸
밀 건지. 이삭은 할 수 있는 한 열심히 머리를 굴려 대답했다. 그
걸로 이리리가 마음이 편해진다면 됐다. 그걸로 어제, 아니. 여름
내내 상처 준 죄를 씻어 낼 수 있다면 말도 안 되는 것도 지어낼
수 있었다. 대화가 이어질수록 미래의 이삭이 완성되어 갔다. 창
문이 있는 깔끔한 집에서 사는 이삭. 그는 매주 일요일 김밥을 먹
는다. 오토바이가 아닌 차를 운전한다. 늘 좋은 운동화를 신는다.
매일 일기를 쓴다. 여름에 추운 나라로 여행을 간다. 겨울에는 집

에서 아이스크림을 먹는다. 매운 음식을 잘 먹게 된다. 생일마다 갈비를 먹는다. 케이크도 먹는다. 흰 티셔츠와 흰 양말과 흰 신발은 언제나 하얗다. 자기만의 도시락통이 있다. 이리리는 멋진 어른이라며, 생일마다 꼭 홀 케이크를 먹으라고 당부했다. 실없는 이야기가 계속 이어졌다. 잠시 동안 둘은 누가 죽고 누가 사라지는지 잊었다. 주제가 자꾸 바뀌었다. 미래에 대해 말하다 귀신 이야기를 했다. 이삭은 가위에 눌렸을 때 일어나려고 하지 않고 가만히 있으면 알아서 깬다고 말했다. 이리리는 그걸 일찍 알면 좋았을걸, 아쉬워했다. 이상하고 웃긴, 생생하고 무서운 꿈 이야기를 주고받았다. 집으로 햇빛이 들어오는 각도가 점점 달라졌다. 거기에 맞춰 그림자의 기울기와 길이도 달라졌다. 둘만이 변함없이 바닥에 누운 채 있었다. 날이 흐려지는지 집 안이 어둑해졌다. 이삭이 갑자기 생각난 건데, 하며 입을 열었다.

"어릴 때, 신부님이 외국에서 사 온 엽서를 한 장 줬었어. 지금은 그게 어딨는지 모르겠는데 아무튼 각도에 따라 그림이 조금씩 달라 보이는, 그런 거였거든."

"렌티큘러?"

"아, 렌티큘러."

"그래서?"

"자기가 유학 갔을 때 샀던 건데 한 장뿐이라 나한테만 준다고.

214

비밀로 하라고 했었어. 성모 마리아 앞에 대천사 가브리엘이 나타
나는 장면을 그린 그림이었어. 엽서를 잡고 이리저리 돌려 보면
천사 날개가 위아래로 움직이고 마리아 몸이 앞뒤로 움직였거든.
신기하고 예뻐서 좋아했어. 매일 밤 꺼내 봤어."

"그 정도로 좋아했어?"

"응. 신기하고 예뻐서 좋아한 것도 있는데, 가브리엘이 한 말
때문에 더 좋아했어."

"가브리엘이 뭐라고 하는데?"

"마리아 앞에 나타나서 그래. '두려워 말라'고. 그렇게 좋아해
놓고도 잊고 있었는데 너랑 있으니까 갑자기 떠올랐어. 내가 그걸
'두려워 말라 그림'이라고 불렀던 거."

이리리는 성경에 대해 아는 게 없었다. 마리아, 예수를 낳은 사
람. 가브리엘, 천사. 잠시 눈을 감고 상상했다. 갑자기 나타난 천
사가 두려워 말라고 말하는 장면.

"이삭, 난 신도 안 믿고 천사도 안 믿어."

"알아."

"그러니까 네가 해 줘."

"뭘?"

"그 말. 두려워 말라는 말."

이삭은 마른침을 삼켰다. 왠지 이 순간만큼은 자기가 천사가 되

어야 할 것 같았다. 고결하고 완벽해야 할 것 같았다. 하다못해 날 개라도 있어야 했다. 이리리에게 그 말을 하는 사람은 이삭이 아 니라 진짜 가브리엘 대천사여야 했다.

"…두려워 말라."

그렇지만 이 집에는 이삭뿐이었다. 그 말을 듣고 싶다면, 지금 당장 누구라도 해 주길 바란다면. 이삭의 목소리에 이리리가 천천 히 눈을 떴다. 눈이 마주친 순간 이리리는 이삭이 명화에서 봤던 천사들처럼 보였다. 그을린 얼굴과 갈색 곱슬머리를 가진, 키가 멀대처럼 큰 천사. 죽음까지도 지켜 주려는 천사. 천사의 말에 이 리리는 고개를 끄덕였다.

"너도 두려워하지 마."

자신이 내뱉은 말이 볼품없는 것 같아 입술을 깨물던 이삭에게 이리리가 답했다. 처음 그 엽서를 받던 날처럼 이삭이 웃었다. 마 음이 편해진 것은 아니었지만, 두려워하지 말라고 말해 주는 사람 이 있어 버틸 수 있었다.

저녁으로 먹은 라면은 엄청나게 많았고 또 매웠다. 어제 사 온 라면 다섯 봉지를 모두 끓였다. 그동안 못 먹은 거에 반의 반이라 도 먹고 싶다며, 이리리는 마을로 가 청양고추 세 개를 얻어 오기 까지 했다. 이삭은 고추를 반 개만, 아니 한 개만 넣자고 했지만 이리리가 "먹고 죽은 귀신이 때깔도 곱다"며 세 개를 모두 다져 넣었다. 작은 조각을 골라낼 수도 없어서 이삭은 습, 습 숨을 들이켜며 먹었다. 눈물이 고이고 얼굴이 빨개지는 것을 본 이리리는 깔깔거리며 웃었다. 이삭이 눈을 흘겨도 소용없었다. 이리리가… 미웠다. 죽는 것도, 죽는다는 핑계로 이렇게 매운 걸 먹인 것도 모두 미웠다.

"재밌냐."

이리리는 결국 웃다가 사레들려 기침했다. 이삭이 물을 따라 주며 묻자 이리리는 잔기침을 하면서도 고개를 끄덕였다.

"엄청!"

이삭은 말없이 남은 면은 이리리 그릇에 옮겨 줬다. 이리리는 국물까지 전부 다 먹고 그대로 누웠다.

"내가 끓였으니까 네가 설거지 해."

"그랬음 좋겠어? 잘 생각해, 이삭. 난 지금부터 네 소원 딱 하나만 들어줄 거야. 그게 설거지야?"

"네가 먹은 걸 설거지하라고 내가 부탁하란 거야?"

"와……. 알면 알수록 말을 잘한단 말이지. 네 이름에 들어가야겠다, 이치, 라는 글자는. 나중에 개명해. 이이삭."

죽지 마. 가지 마. 그런 말은 나오지 않았다. 그 말이 나올까 봐 입을 꾹 다물었다. 이리리는 잠시 이삭을 바라봤다가, 설거지할 것을 들고 부엌으로 갔다. 이삭은 마당으로 나갔다. 무너진 평상 끝에 걸터앉았다. 올려다본 하늘은 어제처럼 별이 가득했다. 이리리가 알려 준 대로 별자리를 찾아보려고 했지만 되지 않았다. 작은곰도 큰곰도 보이지 않았다. 길을 잃은 기분이었다. 설거지하는 물소리가 그쳤다. 이삭은 목이 탔다. 심장이 점점 거세게 뛰었다. 욕실 문을 여닫는 소리, 샤워기에서 물이 떨어지는 소리가 들려왔다. 가까워지고 있다. 이삭은 난생처음으로 고해소가 간절했다. 간이 화장실처럼 좁은 칸 두 개가 붙어서, 격자무늬 창으로 보이는 건 신부의 손뿐이다. 그 손끝을 보며 자신의 죄를 말해야 했다. 이삭의 죄는 정해져 있었다. 기도를 게을리하고, 할머니와 친구들에게 잘하지 못했다는 것. 그걸 정말 죄라고 생각하진 않았다. 죄는 있지만 그 죄가 정확하게 뭔지 몰라 그렇게 말했다. 어느 순간 태어났다는 것이 죄라는 걸 알게 됐지만 말하지 않았다. 그것까지 죄니까. 지금 눈앞에 고해소가 있다면 들어가 말하고 싶었다. 떠나려는 친구를 잡을 힘이 없는 게 제 죄입니다. 살아온 시간보다 앞으로 살아갈 시간이 더 나을 거라고 말하지 못한다는 죄를 지었습니다. 저는 십자가 말곤 되어 본 게 없어요. 전 모두에게 고난입니다. 그게 제 죄입니다.

가지런히 벗어 놓은 이리리의 신발이 보였다. 하얀 운동화였다. 숨겨 버릴까, 태워 버릴까, 싶어서 이삭의 몸이 움찔거렸다.

218

죽음을 앞에 두고 맨발이 되는 건 아무것도 아닐 거라는 걸 앎에
도 그랬다. 씻고 나온 이리리가 비누 냄새를 풍기며 이삭 옆에 앉
았다. 교복 차림이었다.

"비누밖에 없는 게 아쉽긴 하다. 머리카락이 엄청 뻣뻣해."

이리리는 물기를 머금은 머리칼을 한쪽 어깨로 몰아 넘겼다. 이
삭은 아무 대꾸도 하지 않았다. 말이 자꾸 넘칠 것만 같았다.

"준비는… 다 했어?"

빙 둘러 말할 여유가 이삭에게는 없었다. 이리리는 고개를 끄덕
이며 흰 약통 하나를 들어 보였다. 안에서 알약이 부딪치는 소리
가 났다.

"고모가 먹던 수면제야. 욕실 선반에서 발견했어."

"고상한 방법이네."

"너한테 험한 꼴 안 보여서 마음이 편해."

마음이 편해? 이삭은 되묻고 싶었다. 떠나는 사람들은 늘 편하
다. 이삭만 붙박여 있었다. 그게 이만큼 괴로웠던 적은 없었다. 이
래서 사라지고 싶었던 건데. 누군가 사라져도 괴롭지 않은 곳으로
가고 싶었던 건데.

"…작은곰자리가 어디 있다고?"

이리리는 고개를 들며 으음, 하고 입소리를 냈다. 금세 하늘 구
석을 가리켰다.

"저기!"

"저기?"

"아니, 저기. 머리랑, 몸."

"아, 저기……. 그럼 큰곰은?"

"저거! 저게 큰곰."

"저거?"

"그 옆에. 원래 별자리 찾는 건 해 봐야 늘어."

"작은곰이 저거?"

이리리는 손을 내리고 이삭을 바라봤다. 이삭은 시치미 떼며 하늘만 올려다봤다.

"저거 맞잖아, 작은곰."

"이삭."

"저기가 머리잖아."

"이삭아."

"저기가 머리 맞잖아."

"이삭!"

이삭도 손을 내렸다. 이리리를 바라보지는 못했다. 이리리는 두 손으로 이삭의 볼을 감싸 자신을 보게 했다.

"나 너무 미워하지 말아 줄래?"

미워할 거야. 평생토록 미워하고 원망할 거야. 미워하지 못하게 될 때까지 미워할 거야. 이해하지 않을 거야. 미워하지 않는 건 잊어버리겠다는 거니까. 영원히 미워할 거야. 죽을 때까지

"미워할 거야."

이리리가 작게 웃었다.

"조금만 더 여기 있어. 내가 부르면 그때 들어와."

이삭은 고개를 떨궜다. 집 안에서 물을 따르는 소리, 약통이 열리는 소리, 손바닥 위로 알약이 떨어지는 소리가 났다. 컵을 내려놓는 소리, 다시 물을 따르는 소리, 다시 알약이 떨어지는 소리……

"이삭, 들어와."

이리리는 침실 침대 위에 얌전히 누워 있었다. 한쪽 귀에는 이어폰을 꽂고 있었고 그 너머로 미약한 음악 소리가 들렸다. 아직 머리칼은 젖어 있었다. 벌써 잠에 취한 듯 눈빛이 몽롱해 보였다. 이삭은 문간에 기대서서 그 모습을 바라봤다.

"가까이 와. 얼굴은 보여 줘야지."

힘없는 손이 손짓했다. 이리리는 벌써 잠들 듯이 눈을 느리게 감았다 떴다. 이삭은 구석에 놓여 있던 자기 가방에서 선글라스를 꺼냈다. 조심스레 이리리에게 씌워 주자 이리리가 힘없이 웃었다.

"뭐야?"

시체에서 눈부터 파먹어진다기에 준비한 거였다. 이리리가 조

금이라도 오래 보존되길, 사람들에게 발견되었을 때 너무 슬픈 모습이지 않길, 이삭은 바랐다.

"아무튼 웃겨, 이삭……."

이리리의 말이 점점 느려졌다. 목소리도 점점 가라앉았다.

"이삭!"

문득 이리리가 평소와 같은 말투로 불렀다.

"응."

"잘 자."

이삭은 잘 자라고 해야 하는지, 잘 가라고 해야 하는지 알 수 없었다. 그래서 그냥 이리리의 손을 한 번 꽉 잡았다. 이리리가 대답이라도 하듯 그 손을 맞잡았고 얼마 후에 힘이 풀렸다.

이삭은 남은 한쪽 이어폰을 꽂았다. 침대에 등을 기댔다. 등 뒤에서는 이리리가 죽어 가고 있었다. 숨소리에 귀 기울이고 싶지 않았다. 영어로 된 가사는 알아들을 수 없었지만 이삭은 오로지 소리에, 기타와 드럼, 소년 같은 목소리에 집중했다. 몇 시인지 알 수 없는 어두운 밤이었다. 할머니가 깰까 봐 씻지 못하고 죽은 듯 누워 있던 작은 방을 떠올렸다. 성모와 아기 예수. 이삭의 이어폰은 고장 난 지 오래였다. 그럼에도 계속 끼고 다녔던 건 아무것도 듣고 싶지 않고 상관하고 싶지 않다는 이삭만의 표현이었다. 그리고… 외로워서. 이삭을 부르지 않았는데 잘못 듣고 뒤돌 때 외로

워서. 바람에 문이 덜컹거릴 때 노크인 줄 알고 일어서는 게 외로
워서. 귓 속으로 외롭지 않은 진공 같은 무음이 흘러 들어와 가득
찰 때, 외로움인지 모르게 해 주는 게 좋아서 이어폰을 꼈다. 지금
은 한쪽 귀에서는 어떤 소년의 외침 같은 목소리가, 다른 귀에서
는 누군가 살다 간 이 집의 커다란 고요함이 흘러 들어왔다.

다시 책을 펼쳤다. 이삭은 잠이 올 때까지, 해가 뜰 때까지만
이것을 읽으며 버티려고 했다. 잠깐 본 이리리는 평화롭고 우스운
꼴을 하고 있었다. 교복을 입고 긴 머리를 풀어 헤쳐 누워서 선글
라스를 낀 모습. 가능하다면 사진을 찍고 다음 날 아침, 일어난 이
리리에게 보여 주고 싶었다. 영영 보여 줄 수 없게 됐지만.

주인공 빼논은 빼옹도 실종되었다는 것을 알게 됐다. 자기 때문
에 집에 돌아갈 수 있었던 빼옹이 길을 잃은 거라는 죄책감에 빼
논은 하루를 꼬박 울었다. 빼옹의 흔적을 찾아야 해. 그렇게 결심
한 빼논은 길을 나섰다. 나도 계속 이리리가 어떤 사람인지 떠올
리게 될까. 그렇게 될 거야. 이리리가 보고 싶어서 주저앉고 이리
리가 없어서 쓰러질까. 당연하게도. 그럼에도 살아지는 내가 징그
러워서 문득 숨이 막힐까. 하루가 아닌 평생을 꼬박 울지 않을까.
너를 찾으러 갈 수도 없을 테니까. 할머니도 아빠도, 그 섬에서의
모든 일은 이리리를 잃는 것에 비하면 이삭에게 아무것도 아니었
다. 이삭은 콧날이 시큰해지며 눈물이 차오르는 것을 느꼈다. 잠

시 고개를 들고 숨을 골랐다.

빼논은 떠돌았다. 빼옹을 아는 사람들을 찾아다녔다. 그들의 자식과 손자까지 찾아다녔다. 빼옹을 봤다는 사람을 찾아다녔다. 빼옹은 박물관에서 일한다고 했다. 빼옹은 제철소에서 일한다고 했다. 빼옹은 구걸한다고 했다. 빼옹은 화가가 됐다고 했다. 빼옹은 빵을 사러 매일 다섯 시에 빵집에 간다고 했다. 어디에도 빼옹은 없었다. 빼논은 포기하지 않았다. 누군가 빼옹이 옆 나라에서 커다란 배의 선장이 되었다는 이야기를 해 줬다. 빼논은 짐을 쌌다. 떠나기 위해 항구로 갔을 때, 거기서 빼옹이 죽었다는 이야기를 들었다. 빼논은 모든 것을 잃은 기분을 느꼈다. 차라리 빼옹이 죽었다는 걸 몰랐다면. 어디서든 잘 살고 있다는 믿음으로 세상을 돌아다닐 수 있었다면.

그건 예언에 가까웠다. 이삭이 앞으로 어떻게 살아갈지에 대한 예고편이었다. 이삭은 이 책을 읽기 시작한 걸 후회됐다. 따라오겠다고 하지 않는 게 맞았을까? 그렇지만… 이삭은 어떤 상황이었든 따라왔을 거라는 걸 알았다. 울음소리를 듣고 망가진 얼굴을 보지 않았어도. 소풍을 가자는 듯 말했어도 이삭은 따라나섰을 거였다. 언제부터인지 모르게 이삭의 마음은 이리리에게 열려 있었다. 자신처럼 손바닥에 손톱자국이 남은 이리리와 함께할 수밖에 없었다.

마음을 열다.

그 표현을 떠올리자 이삭의 눈앞에 문이 생겨났다. 문을 연 건 이리리였지만, 문밖으로 나간 건 이삭이었다. 언제든 다시 안으로 들어가 문을 잠글 수 있었다. 그러나 문밖에 이리리를 세워 둘 수 없었다. 이삭은 그런 사람이 됐다.

책을 덮었다. 결말까지 조금 더 남아 있었지만 이삭은 읽을 수 없었다. 할 수 없는 것이 너무 많았다. 빼논이 절망한 채 어떤 일을 하게 될지 알고 싶지 않았다. 빼옹의 뼈를 발견하게 될까? 다시 요정 나라로 돌아가려는 건 아닐까? 자기를 아는 사람이 아무도 없는 세계에서 뒤늦게 나이 들어 갈까? 그리고 외롭게 죽을까? 이삭은 침대를 돌아보지 않게 조심하며 거실로 나갔다. 식탁 위에 있던 이리리의 펜을 들고 방으로 돌아왔다. 들어와 앉을 때는 눈을 감았다. 빼 뒀던 이어폰을 다시 꼈다. 방은 어두웠다. 책 뒷장을 펼쳤다. 아무것도 쓰여 있지 않은 부분이 나왔다. 거기에 이삭은 써 내려가기 시작했다.

절망한 빼논은 배를 탔다. 가서 뭘 할지 정하지 않았다. 빼논에게는 가야만 하는 곳이 필요했다.

"빼논!"

자기를 부르는 소리에 빼논이 돌아봤다. 어릴 때랑 똑같은 빼옹을 만났다. 둘은 얼싸안고 기뻐했다. 서로 뺨을 만지며 물었다.

"너 빼옹이야?"

"응. 넌 빼논이야?"

"응!"

알고 보니 이삭 역시 빼옹을 찾으러 돌아다니다가 요정 나라로 가는 동굴로 들어갔던 것이었다. 빼논은 원래 세계로 돌아오는 길을 찾지 못하고 요정 나라를 돌아다니며 리리를 찾아다녔다고 했다. 다시 마을로 돌아와 빼논을 찾자 사람들은 박물관에, 제철소에, 거리에, 갤러리에, 빵집으로 갔다고 말해 줬다. 그리고 옆 나라로 갔다는 소문까지 듣고 배에 오른 것이었다. 리리는 백 년 동안 이삭을 찾아다녔다. 이삭은 백 년을 돌아다닌 리리를 찾으러 다녔다. 그리고 둘은 결국 다시 만났다.

"널 찾으러 다니길 잘했어!"

"난 우리가 다시 만날 줄 알았어!"

마지막 온점을 찍은 순간, 이삭은 뒤를 돌아보고 싶었다. 이리리의 코에 귀를 대고 싶었다. 백 년은 너무 길어. 백 년이 아니라 지금 당장 네가 필요해. 노래는 다시 처음 듣던 곡으로 돌아갔다. 이삭은 무릎에 얼굴을 묻었다. 그제야 자신이 땀을 흘리고 있음을 깨달았다. 무릎이 미끈하게 젖었다. 옆얼굴을 따라 귀까지 들어간 땀 때문에 이어폰이 빠졌다. 밤새 소리만이 들려왔다. 이삭의 마음은 점점 깊은 곳으로 가라앉았다. 마음이 있다는 것을 이삭은 처음으로 느꼈다. 그것이 모양과 무게가 있고 움직일 때마다 느껴진다는 것이 신기했다. 신기하고 낯설어서 몇 배는 더 고통스러웠다. 다시는 안으로 들어가 문을 잠글 수 없다니. 평생 열린 채로 바람이 드나들게 살아야 하다니.

앞으로의 이삭은 완전히 다를 것이다. 이삭은 예감했다. 혼자 등을 말고 살아갈 수 없었다. 무서워. 이삭의 마음이 더 아래로, 끝도 없이 아래로 내려갔다. 아무도 자길 보지 않길 바랐던 오랜 시간 동안 숨겨 놨던 자라지 못한 어린 이삭. 현관 앞에서 누구든 와 주길 바라며 엉엉 울던 아기 이삭이 마음을 발판 삼아 위로, 위로 올라왔다. 힘이 센 아이였다. 이삭의 눈에 방울방울 그 아기의 눈물이 맺혔다. 굵은 눈물이 뚝뚝 떨어졌다.

무서워

사라지고 싶지 않아

아무 곳이나 상관없지 않아 나를 사랑하는 사람과 있고 싶어

행복하고 싶고

안전하고 싶어

당연하지 않았던 것들을 누리고 싶어

나에게는 네가 필요해

울음소리가 윗니와 아랫니 틈새를 비집고 새어 나왔다. 할머니 집이었다면 야밤에 시끄럽다고, 잠을 잘 수 없다고 얻어맞았을 정도의 소리였다. 더 크게 울 줄은 몰라서, 이삭과 아기는 작게 작게 울었다.

"죽지 마."

결국 이삭은 이리리 쪽으로 몸을 돌렸다. 울음소리에 묻혀 숨소리가 들리는지는 알 수 없었다.

"절대 죽지 마."

이제 아기가 크게 울기 시작했다. 귀 옆에서 아무리 울어도 이리리는 깨어나지 않았다. 이삭은 이리리의 어깨를 흔들었다.

"빼옹과 빼논이 다시 만나. 둘은 다시 만난다고. 백 년이 지나서."

이리리의 머리카락에 이삭의 눈물, 콧물, 침이 묻었다. 어쩐지 곁에 있는 이리리가 차갑게 느껴졌다. 한여름 밤이었다. 산 몸이 차가울 수 없는 날씨였다. 이삭은 리리야, 리리야, 부르다 거실로 뛰쳐나갔다.

그 무렵, 이리리는 바다에 있었다.

발등이 따끈하다 못해 뜨거워지는 느낌에 잠에서 깼다. 해가 움직이며 그림자가 줄어든 탓에 이리리의 발등이 익어 가고 있었다.

잠깐 졸았나.

이리리는 기지개를 펴며 웅웅 소리를 내는 아이스크림 냉동고

와 슬러쉬 기계를 바라봤다. 오렌지 맛, 포도 맛, 콜라 맛. 그대로였다. 관광객은 보이지 않았다. 파도 소리가 끊임없이 들려왔다.

다 꿈이었네.

이리리는 자신에게 선글라스를 씌워 주던 꿈속 이삭을 떠올리며 킥킥 웃었다. 처음 가 보는 동네를 돌아다니고, 별구경을 했고… 고모 집에 갔고……. 와, 긴 꿈이었다. 이리리는 이삭에게 말을 걸기 위해 고개를 돌렸다. 당연히 있어야 할 이삭의 천막이 없었다.

이삭?

천막 바깥으로 나가자 텅 빈 모래사장이 보였다. 있는 거라곤 이리리와 이리리의 천막뿐이었다.

이삭!

멀리서 아득하게 오아시스의 노래가 들려왔다. 이리리는 주변을 두리번거렸다. 노래가 나올 만한 곳은 없었다. Live forever. 이 노래를 처음 알려 준 언니를 좋아하며, 이리리는 자신에 대해 알게 됐다. 나는 여자를 좋아해. 해변인데도, 이삭이 없다니. 하물며 엄마 아빠도, ████도, 고모도 없이 오로지 이리리뿐이었다.

꿈이 아니구나.

파도가 수평선 끝까지 밀려났다가 이리리의 발 앞까지 밀려왔다.

요단강 건넌다, 황천길이 뭐니 하더니 사실은 바다였잖아. 이게 모두 약물 과다 복용으로 인한 현상이라면… 내 무의식이 너무 한심하네. 다 유치해.

이리리는 팔을 늘리고 무릎을 굽혔다 펴며 준비 운동을 했다. 물가로 가서 가슴 부근에 물을 묻혔다. 수영을 배울 때 가장 먼저 익혔던 것들이었다. 심장이 물 온도 때문에 놀라지 않게 미리 적응시키는 거라는 말이 좋았다. 이리리는 바람 빠지는 소리로 웃었다.

이미 죽어서 바다를 건너는데 이런 걸 하는 게 효과가 있을까?

그래도 저승까지 잘 헤엄쳐서 가고 싶으니까, 하고 허리를 뒤로 젖혔다. 빛나는 햇살이 순간 이리리의 눈에 들어왔다. 아름다운 여름. 갈매기가 날아갔다. 이삭이 없는 게 아쉬웠다. 정말 마지막으로, 끝의 끝이니까 딱 한 번 더 인사를 나눈다면 좋았을 텐데. 그런 생각을 하며 이리리는 무릎 아래까지 물이 차는 곳까지 걸어 나갔다. 무언가 다리를 스쳐 지나가는 느낌에 아래를 내려다봤다. 빗해파리 무리가 이리리를 감싸며 헤엄치고 있었다. 이리리는 실제로 보는 건 처음이네, 했다가 실제가 아니지만, 하고 덧붙였다. 그러면서도 눈을 떼지 못했다. 수면 가까운 곳에 올라오면 투명한 몸속의 판이 반짝거렸다. 신기하다, 하며 정신을 차린 이리리가 손을 모아 한 마리 잡아 보려 했다. 모두 이리리의 손을 빠져나가며 하늘하늘, 유령 같기도 하고 천사 같기도 하게 바다를 헤엄쳤다.

언니.

뒤에서 어린애 목소리가 들려왔다. 이리리가 몸을 돌렸다. 높게 양갈래 머리를 한 여자애가 슬러쉬 기계 앞에 서 있었다. 흰색 프릴 원피스를 입은 그 애는 똘똘해 보였다.

나?

아이스크림 안 팔아요?

이리리가 멀뚱멀뚱 서 있는 동안 그 애도 똑같이 이리리를 바라봤다. 순간, 큰 파도가 이리리를 덮쳐 천막 앞까지 데려갔다. 머리부터 발끝까지 전부 젖은 이리리가 콜록거리며 일어섰다. 파도는 다시 저 뒤로 물러나 있었다. 귀, 코, 눈, 입에서 짭짤한 바닷물 맛이 느껴졌다. 컥컥거리고 연신 침을 뱉어대는 이리리를, 아이는 바라만 볼 뿐이었다.

다른 데서 사 먹을래?

어디요?

이리리는 이 해변에 있는 천막이라곤 이것 하나뿐이라는 걸 다시금 깨달았다. 이것만 주고 보내자, 싶어 젖어서 축 늘어진 머리카락을 뒤로 넘겼다.

좋았어. 그럼 무슨 맛으로 줄까? 서비스로 많이 얹어 줄게.

이리리와 아이는 함께 냉동고 안을 바라보았다. 초코, 딸기, 바나나, 색색이 뒤섞인 맛을 알 수 없는 것. 네 종류의 아이스크림이 한 번도 스쿱이 닿지 않은 것처럼 판판하게 담겨 있었다.

뭐가 맛있어요?

아이가 까치발을 들었다. 이리리는 의자를 끌고 와 그 위에 올라갈 수 있게 해 줬다. 이리리와 아이의 키가 비슷해졌다.

다 맛있어. 네가 좋아하는 맛이 뭔데?

모르겠어요.

안 먹어 봤어? 맛볼래?

먹어 봤어요.

근데도 모르겠어?

까만 눈동자와 까만 눈동자가 서로를 바라봤다. 이리리는 아이의 대답을 기다리고 있었고, 아이는 망설이는 듯 입술을 움찔거렸다.

사실 알겠는데, 그게 맞는지 모르겠어요.

아이가 고개를 푹 숙였다. 이리리는 미소 지어 보이며 아이의 등을 토닥였다. 바다를 건너면 아무것도 없는 세계였다. 그곳으로 떠나기 전 아이스크림을 골라 주는 건 꽤 낭만적이라고 생각했다.

아이스크림 맛에 정답이 어딨어.

있으면 어떡해요?

울먹이는 목소리였다. 이리리는 이 작은 아이가 정말 아이스크림 고르는 걸 두려워하고 있구나, 생각했다.

있잖아.

이리리가 평소보다 침착하고 다정한 목소리로 말을 이었다.

232

그건 맞고 틀리는 문제가 아니야. 뭐든 고르기만 하면 되는 거야. 고르지 않아도 되는 거고.

거짓말.

정말이야. 진짜 만약에 이게 문제고 네가 틀렸다고 해도, 괜찮아. 괜찮은 거야.

이리리는 눈이 뻑뻑해지고 코끝이 매워지는 것을 느꼈다. 살아 있다면 바닷물 때문이야, 라고 했겠지만, 아니었다. 아이의 모습이 슬퍼서였다. 틀릴까 봐 무서워하는 저 어린애가 불쌍해서였다. 저 마음을 알고, 저 마음에 한 번 빠지면 쉽게 헤어 나오지 못한 채 자란다는 걸 알기 때문이었다.

초코 맛은 애 같고 바닐라 맛은 평범하고 딸기 맛은 색만 예쁘다고 하면요? 그걸 고른 나도 애 같고, 평범하고, 보기만 좋다고 하면?

그게 중요해?

그럼 안 중요해요?

중요하지…….

아이는 냉동고에 걸터앉았다. 이리리도 거기에 기대서 함께 바다를 바라봤다. 갈매기 무리는 하늘에서만 떠돌 뿐 내려오지 않았다.

오해받고 싶지 않아요.

오해받고 싶지 않음. 그것은 이해와는 좀 다른 마음이었다. 이해를 바라지 않으니 있는 그대로 보기만을 바라는 것이었다. 이해는 곧잘 오해가 됐다. 왜 더 나쁜 방식으로 늘 상황이 굴러가는지, 이리리는 알 수 없었다. 널 이해해 주는 사람이 생길 거야. 그 말이 위로가 될까? 아니다. 그런 사람이 나타나지 않을 때마다 절망할 것이다. 영영 만나지 못할 수도 있다. 그렇다면 기대하고 실망하길 반복하게 돼야 하는데. 남들은 신경 쓰지 마. 그게 될까? 절대. 사람이 있는 곳에서 사는 이상 불가능하다. 자기와 가까운 사람일수록, 사랑하는 사람일수록 신경 쓰게 될 것이다. 그럼 결국 신경 끄지 못하는 자기를 미워하게 될 거다. 원망하게 될 거다. 왜 그들의 사랑을 받고 싶어 해? 왜 그들의 인정이 필요해? 너만 당당하면 되잖아. 자기를 바보로 생각하며 사는 삶은 불행할 거다. 당연히 사랑받고 싶고 이해받고 싶지. 그런 게 없으면 이렇게… 요단강도 황천길도 아닌, 해수욕장에 있게 되는 거다. 이리리는 미간을 찌푸리며 말을 골랐다.

네가 잘못해서 그런 게 아니야.

뭐가요?

오해. 네가 무슨 맛을 사든, 그걸로 오해하는 사람들이 있는 건 네가 잘못해서가 아니야.

……

234

그냥 그런 사람들은 어디에나 있는 것뿐이야. 당연히 신경 쓰이겠지만, 그렇지만… 네가 무슨 맛을 고르든 그건 백 점도 빵 점도 아니야. 잘못도 아니야. 그런 사람들이 어디에나 있는 것처럼, 너도 그런 것뿐이야. 그러니까 너를 너무 몰아세우지 마.

이리리의 말이 끝난 순간, 아이는 의자에서 폴짝 뛰어내렸다. 이리리는 놀라서 잡아 주려 손을 뻗었다. 아이의 말랑한 팔뚝을 붙잡았다고 생각한 순간, 손안에 있는 건 딸기 맛 아이스크림이었다. 콘 위에 올라간 완벽한 동그라미 세 개. 이리저리 둘러보았지만 아이는 보이지 않았다. 딸기 맛… 평소의 이리리라면 절대 선택하지 않을 맛이었다. 그러나 이 순간만큼은 분홍색이 예뻤고 상큼하고 달콤한 향기에 이끌렸다. 한 입 베어 문 순간, 인공적인 딸기 맛과 바닷물의 짭짤함이 뒤섞였다. 나지막이 들려오던 노래가 뚝 끊겼다.

…토 나와.

이리리는 울렁거리는 속을 참지 못하고 목구멍을 열어 밀려 나오는 것을 전부 쏟아 냈다.

먹은 것이 끊임없이 밖으로 나왔다. 소화가 덜 된 음식물과 녹지 못한 알약이 끈적한 위액과 침으로 뒤섞여 방바닥을 더럽혔다. 이리리의 눈에는 눈물이 고였다. 누군가 등을 두드려 줬다. 그래서 마음 놓고 안에 든 것을 다 토해 냈다.

"괜찮아?"

이리리는 그제야 고개를 들었다. 검은 렌즈 뒤로 이삭이 보였다. 한 번 더 토가 치밀었다. 이삭은 수건을 가져와 이리에게 건넸다. 이리리는 선글라스부터 벗었다. 온 얼굴과 머리카락, 상의가 전부 축축했다. 얼굴과 더러워진 머리카락을 닦고 나니 주변이 보였다. 토사물 옆에 욕실에 있던 작은 양동이가 굴러다니고 있었다. 이삭이 이리리의 두 뺨을 잡아 얼굴을 샅샅이 살폈다.

"너 살아 있지?"

해변이 아니었다. 마지막으로 이삭에게 잘 자라는 인사를 했던 고모 집이었다. 이리리는 수건으로 얼굴을 한 번 더 닦았다. 자기만큼이나 젖어 있는 이삭이 보였다. 이 물은 어디서 왔지? 목구멍이 얼얼하게 아팠다.

"나 아파."

그 한마디를 하고 이리리는 사레들린 듯 기침했다. 그러다 위액을 토해 냈다. 피가 섞여 있었다. 이삭이 수건을 뺏어 들어 다시 입가를 닦아 줬다. 이리리의 눈에 잇자국이 남은 채 피가 나는 검지와 중지가 들어왔다. 점점 정신이 돌아오며 그것들이 무엇을 의미하는지 깨달았다. 이삭은 피 나는 손으로 계속 이리리의 머리카락을 쓰다듬었다. 다행이다, 잘했어, 고마워, 그런 말을 중얼거렸다. 그러고 보니 이삭이 아까부터 울고 있네.

"나 안 죽었어?"

그 한마디에 걱정 가득했던 이삭의 얼굴에 웃음이 번졌다.

"죽은 줄 알았어. 근데 죽으면 안 될 것 같아서……."

침대 옆에 창문으로 흐린 밤하늘이 보였다. 풀과 흙냄새가 훅 끼쳤다. 그 냄새를 맡으며 이리리는 울렁거리는 속이 잠잠해지는 것을 느꼈다.

"토하게 한 거야?"

"물을 먹였는데 일어나질 않아서."

"날 죽이려던 거야?"

이삭은 소리 내 웃으며 그럴 뻔했다고 말했다. 이리리는 그런 이삭이 낯설고 좋았다. 꿈속 해변에서 파도에 휩쓸렸던 것을 떠올렸다. 너였구나. 네가 파도가 돼서 나를 밀어냈구나. 이삭의 다친 손을 끌어와 수건으로 감았다.

"난 네 손가락을 잘라 먹을 뻔했네."

이삭이 고개를 젓곤 이리리를 끌어안았다.

"동화책 끝까지 읽었어. 결국에 둘이 다시 만나. 빼옹이랑 빼논. 너한테 꼭 그 얘기를 해 주고 싶었어."

포옹은 축축했다. 토 냄새가 났다. 수건이 피로 얼룩졌다. 둘은 그대로 숨을 골랐다. 이삭은 이리리가 아무 말 없는 것이 마음에 걸렸다. 왜 살렸냐는 말도, 고맙다는 인사도 없었다. 사실 이게 내 꿈인 걸까. 이리리를 등 뒤에 두고 잠든 내가 꾸는 꿈인 걸까. 깨어나면 이리리는 죽어 있는 게 아닐까.

"…아까워?"

"응?"

"죽지 못해서… 아까워?"

이삭이 이리리를 품에서 떨어트렸다. 눈이 마주쳤다. 이삭의 눈은 해변에서 봤던 아이의 눈처럼 새까맣게 빛났다. 이리리는 무어라 대답해야 할지 모르겠어서 입을 꾹 다물었다. 입안은 썼고 목구멍이 따끔거렸다.

"그래도 상관없어. 잘 왔어. 다시 세상으로, 잘 왔어."

이리리는 이삭과 불꽃놀이했던 순간을 떠올렸다. 내 생일에도 축하해 주겠다고 했지. 외로웠던 봄날이 아니라, 여름의 한복판인 오늘이 생일 같아. 검은 눈동자에서 그날의 불꽃을 봤다고 하면 이삭은 이해하지 못할 게 분명했다. 이리리는 가만히 이삭의 상처 난 눈가를 엄지로 쓰다듬었다.

"이삭."

"응."

"너 잘 때 얼굴이 꼭 아기 같은 거 알았어?"

이삭은 고개를 저었다.

"아기처럼 자더라. 이 말을 해 주고 싶었는데 까먹고 있었어."

"고마워."

"뭐가?"

"네가 아니면 몰랐을 거야."

"…후회 안 해도 되겠다."

이상한 마음이 몰려왔다. 꿈에서 봤던 파도처럼 저 뒤까지 물러섰다가 이리리를 덮칠 만큼 크게, 높게 움직였다. 그렇게까지 죽고 싶었는데, 모든 걸 끝내고 완벽하게 돌아설 수 있었는데. 조금 부끄러웠다. 요란하게 굴고 난 후라서 머쓱했다. 모든 걸 다 준비했다고 생각했는데… 다른 방식을 선택해야 했나? 그러나 자신을 끌어안고 좋아하는 이삭을 보니 후회가 더 부끄러운 것만 같았다. 축하한다니, 다행이라니, 이리리는 처음 태어난 사람이 된 것 같았다.

"꿈에서 너를 봤어."

"내가 꿈에 나왔어?"

"응, 분명히 너였어."

두려워 말라. 그 말이 이리리 안에서 맴돌았다. 여전히 두려웠으나 그럴 것 없다는 사람이 있었다. 퉁퉁 부은 눈에 벌게진 얼굴을 하고. 머리부터 발끝까지 몽땅 젖어서. 손가락에서 피를 흘리는, 해파리가 아닌 해파리. 비 쏟아지는 소리가 들리기 시작했다.

어디선가 뇌우 소리가 들리고 얼마 뒤 잠시 하늘이 반짝였다. 이삭은 그때 보인 이리리의 얼굴을 평생 잊지 않겠다고 다짐했다. 백 년 같은 몇 시간을 돌고 돌아서, 요정 나라에 갔다가 돌아온 이삭의 빼논이었다. 온몸이 아팠지만 괜찮았다. 이리리는 돌아왔다. 이 세상으로 와서 자기가 겪은 꿈 이야기를 해 주고 있었다. 이삭은 한숨도 자지 않았지만 자신 역시 자다 깬 기분이었다. 모든 게 바뀐 것만 같았다. 욕실에서 물을 받아 와 이리리에게 먹이고, 끼얹고, 뒤집어 눕혀서 손가락을 입안에 넣었던 게 모두 예전 일 같았다. 이삭은 금방이라도 잠이 들 것 같았다. 빗소리가 듣기 좋았다. 한 번 더 태어난다면 이런 기분일 거라고, 그렇게 생각했다.

13

이리리와 이삭은 한밤중에 열심히 집을 치웠다. 불을 밝히고 열어 놓은 창으로 들어오는 빗소리를 들으며 바쁘게 움직였다. 이번에도 손발이 맞았다. 그동안 이삭의 손에서 나던 피는 멎었다. 둘 다 씻은 후에 입고 왔던 옷으로 갈아입었다. 이리리는 교복을 비닐봉지에 넣어 꽉 묶었다. 그걸 가방 깊숙이 넣었다. 이삭은 잠을 잤다. 잠들다가 번뜩 일어나 이리리를 보고 다행이다, 하고 다시 눕길 몇 번 반복했다. 이리리가 나 살아 있어, 하고 몇 번 말해 주자 깨지 않았다.

이리리는 유서는 고모의 바인더 뒤에 꽂아 놨다. 비가 계속 내려 해 뜰 시간이 됐음에도 주변은 어두웠다. 부엌 등만 밝히고 고모의 노트 하나를 집어 들었다. 짧은 일기들이 이어졌다. 그리워하고 괴로워하는 이야기였다. 그래서 고모는 정말 자살한 걸까. 미뤄 둔 물음이 이리리를 덮쳤다. 노트 중간쯤 길게 이어지는 편지가 쓰여 있었다. 두어 장 넘기니 다시 짧게 쓴 토막글이 나왔다. 왜 이날은 길게 쓸 마음이 들었을까. 이리리는 찬찬히 정아에게, 쓰인 편지를 읽기 시작했다.

오늘 투명한 잔에 물을 따라 마시다 깨달았어. 내 몸은 유리병이야. 이 안에는 너와의 기억이 들어 있어. 내 딸과의 기억도, 조카, 내가 사랑하는 모두와의 기억이 들어 있어. 이게 깨지면 그 기억은 사라지게 돼. 삶이 괴로울 때, 내가 남을 해칠지도 모르겠을 때, 내가 나를 해치려고 들 때, 이 기억이 찰랑거리는 소리가 나를 잡아 줬어. 나는 죽지 못할 거야. 정아야, 나는 알아. 나는 지지 못한다. 이건 너 때문도, 딸 때문도 아니야. 나만 아는 내가 있어. 내 기억도 내 안에서 찰랑거린다. 나는 많이 괴로웠지만 그래도 꿋꿋이 살아 낸 기억이 기특해. 자랑스러워. 그래서 죽지 않는다. 나만 아는 내가 사라지지 않게 말이야. 계속 찰랑거릴 수 있게. 앞으로 좋은 일이 있을까? 나쁜 일이 더 많지 않을까? 걱정돼. 매일 밤 여전히 무서워. 너와 딸이 보고 싶어. 나는 아무것도 느끼지 못하던 과거를 가끔 그리워해. 너 때문이라며 원망도 한다. 그러다 푹 자고 일어나면 아무것도 바뀌지 않았지만 좀 괜찮은 것도 같아.

일어나서 밥을 차려 먹고 산을 걷고 오면 청소할 것들도 보인다.

근데 그냥 찰랑거리는 소리가 듣기 좋아서 산다. 이 유리병에 앞으로 뭐가 담길지 기대는 안 돼도, 뭐가 담겨도 찰랑거릴 거라는 게 좀 안심이 돼. 그냥 이렇게 산다. 정아야, 나는 살아. 나 때문에 나는 살아. 내가 너무 밉고 싫어도 내가 살아 있어서 살아.

이리리는 손끝으로 그 페이지를 천천히 쓰다듬었다. 꾹꾹 눌러써 종이에는 볼펜 자국이 진하게 남아 있었다. 오돌토돌한 그 부분을 만지면 고모와 손을 잡는 기분이었다. 내가 살아 있어서 산다니. 이해되지 않았지만, 이리리는 이 문제를 포기하지 않기로 마음먹었다. 생각해. 엄마의 목소리가 떠올랐다. 때로 그 말은 잔인하고 냉정하게 들렸다. 그러나 지금은 정말 생각해야 했다. 자신 안에 찰랑거리는 게 무엇인지. █과의 기억, 즐거웠고 행복했던 어떤 날들, 부모와 수족관에 갔던 기억, 그리고 이삭은 모르는 이삭이 이리리 안에 있었다. 속 쓰리기도 하고 배고프기도 했다. 이리리는 조심히 편지 부분을 찢어 쪽지로 접었다. 까치발을 들고 거실 한 켠에 놓인 세 개의 가방 앞으로 갔다. 조심스럽게 이삭 가방의 지퍼를 열어 쪽지를 넣었다. 집에 간 이삭이 또 사라지고 싶어진다면, 이날의 기억이 찰랑거리길 잠깐 기도했다. 이삭이 자신을 살린 것처럼 자신도 이삭을 붙잡아 주고 싶었다. 잠든 이삭의 얼굴을 들여다봤다. 네가 내 안에서 찰랑거린다면 정말 두렵지 않을지도 모르겠다. 이리리는 이삭 머리맡에 앉은 채 졸며 점점 약해지는 빗소리를 들었다.

이삭이 깨어났을 때, 시곗바늘은 여전히 여섯 시 34분을 가리키고 있었다. 피가 나던 손가락에는 어느새 밴드가 붙어 있었다. 눈을 깜빡이니 상처 났던 눈가에도 밴드 하나가 붙은 게 느껴졌다. 졸다 잠이 든 이리리는 바스락거리는 소리에 자리에서 일어났다. 눈이 마주치자 이삭이 크게 웃었다. 라면을 그렇게 먹고 자더니 퉁퉁 부었다고 놀렸다. 너도 부었거든! 이리리가 반박하자 이삭은 머쓱하게 웃었다. 둘은 한 번 더 집을 둘러보고 가방을 챙겨 나왔다. 문을 잠그고 열쇠를 제자리에 났다. 어디로 갈지 말하지 않았지만 올 때처럼 함께 갈 거라는 걸, 이리리도 이삭도 알고 있었다. 이리리는 잠시 새 무덤에 다녀가자며 걸음을 옮겼다.

"나 깨우기 전에 무슨 생각했어?"

밤에 기운을 다 쓴 이리리가 헉헉거리며 물었다. 이삭은 거친 숨을 코로 내뿜다가 나무가 보이자 허리를 한 번 폈다. 걸음이 느려지는 이리리 쪽으로 손을 뻗었다.

"갖고 싶은 게 있었구나, 하는 생각."

"뭐가 갖고 싶었는데?"

244

이리리가 자기 앞의 손을 잡고 앞으로 나아갔다. 나무 아래로 갔는데도 나뭇잎으로 만든 새는 보이지 않았다. 간밤 동안 비에 휩쓸려 내려간 듯했다. 위에 올려 둔 돌멩이만 근처에서 뒹굴고 있었다.

"그냥, 그냥……. 사라지지 않을 이유. 내가 도망가지 못하게 할 만한 거."

이삭은 그 돌을 주우며 답했다.

"그게 갖고 싶어?"

"이미 갖고 있어."

이리리가 무슨 말인지 모르겠다는 표정을 짓자 이삭은 이리리의 손바닥 위에 그 돌을 올려 줬다.

"그래도 많이 나아졌네."

둘은 함께 이리리의 두 손바닥을 내려다봤다. 여덟 개의 손톱자국이 희미해지고 있었다. 멍은 이제 초록색과 노란색이 섞인, 끝물의 색을 하고 있었다. 이리리는 아기가 그러듯 손바닥을 쥐었다 펴 보았다.

"응, 이제 덜 아프다."

손안에 든 돌을 쥐고 왔던 길로 되돌아가려던 이리리가 멈춰 섰다. 다시 나무 앞으로 가 새 무덤쯤으로 생각되는 곳에 돌을 올려 두었다.

"새는 벌써 친구랑 날아갔나 보다. 그치?"

이삭이 고개를 끄덕였다. 잘 가라, 잘 날아다녀. 우리도 갈게, 안녕. 허공에 외치는 두 목소리가 약한 메아리를 만들어 냈다.

"어디로 갈 거야?"

한숨 돌린 이삭이 물었다.

"일단, 돌아가야지."

이리리는 담담하게 답했다.

"집으로?"

"집으로."

"어떻게 될지 모르잖아."

"정신 병원에 가둘지도 몰라."

이삭의 겁먹은 표정에 이리리가 웃었다.

"나 이제 죽는 게 무서워지긴 했어."

"무서울 만하지. 그렇게 토를 했는데. 나, 사실 네가 그렇게 토하는 거 보고 든 생각이 다행이면서도……. 이걸 어떻게 치우지?"

"감동이 아니라?"

"근데 안 무서웠어, 나도. 너는 너 때문에 살았잖아. 라면을 그렇게 많이 먹었으니까. 나도 나 때문에 안 무서웠어. 나 청소 잘하니까. 네가 아프면 업고 뛸 수 있으니까."

이삭이 바닥을 보며 혼자 고개를 끄덕였다. 이리리는 자기를 죽

인 것도, 다시 살린 것도 스스로라는 게 웃겼다. 너나 나나 이랬다
저랬다 하는 것 같잖아. 그렇게 말하면서도 자신이 자랑스러웠다.
결국 살아나서 이삭에게 잠든 얼굴이 아이 같다는 말을 해 줬다.
이리리도 함께 고개를 끄덕였다.

"섬은 안 바뀌었을 거야."

"알아."

"오히려 나쁘면 더 나빠졌겠지? 둘이 도망가서 둘이 돌아오면
소문도 장난 아닐 거고."

"무서워?"

이리리는 잠시 위를 보며 어깨를 으쓱, 올렸다 내렸다.

"좀 무섭기도 한데 아직 덜 무섭기도 해."

"또 죽고 싶을 수도 있어."

"꽤 자주 그러겠지. 너야말로 다시 사라지고 싶을 수도 있어.
어디로든 훌쩍."

"매일 그렇겠지. 지긋지긋하니까."

"그래도 돌아갈 거야?"

"응. 너는?"

"돌아갈 거야."

"왜?"

"너랑… 주민 등록증 만들고 짜장면 먹고 싶어서."

이삭이 소리 내서 웃었다. 이리리가 탕수육도 시키자고 말하며 함께 웃었다. 둘은 오르막길이었던 내리막길 앞에 섰다. 가파른 길은 돌만 잘못 밟아도 미끄러지기 십상이었다. 둘은 서로의 팔뚝을 잡았다. 조심스레 한 걸음씩 디디며 천천히! 조심해! 외쳤다. 결국엔 뛰듯이 길을 내려갔다. 진흙에 신발이 더러워졌다. 질퍽이는 소리와 웃음소리가 뒤섞였다. 신선하고 달콤한 여름 산의 냄새가 났다. 빈집은 다시 빈집이 되었다. 이삭과 이리리는 비워 뒀던 집으로 이제 막 돌아가는 걸음을 떼었다.

작가의 말

이따금 학교를 다시 다니는 꿈을 꾸곤 한다. 고등학교가 주로 배경이고 어떨 때는 초등학생으로 돌아가기도 한다. 또 이따금 내가 나고 자란 섬을 걷는 꿈을 꾼다. 논둑을 지나 바다까지 이어지는 그 길을 울면서 걷는 꿈이다. 그때의 나는 어른이 아니다. 열 몇 살 언저리의 나다.

이 소설을 쓰는 동안 그 시절 일기를 자주 들여다봤다. 그때는 이를 물고 지나쳤던 일들이 이제는 아프게 느껴졌다. 나 아팠구나. 나 슬펐구나. 나는 배우는 게 느려서 한참이 지나고 나서야 그 감각을 깨달았다. 그래도 배우고 나니 좋았다.

10대의 내가 멀티버스의 오류로 30대의 내 앞에 떨어진다면. 그 애가 나를 보고 대뜸 "난 이제 어떡하죠?" 묻는다면.

…늘 나는 하고 싶은 말이 많아서 문제다. 그래도 고르고 골라 본다면.

구원은 스스로 하는 거라는 말을 믿지 않길 바란다고. 너를 구원하는 건 너지만, 너 혼자 힘으로 하는 것에 한계가 있다고. 말하고 싶다. 기대는 건 빚지는 게 아니다. 도움이 필요한 건 부족한 게 아니다. 이러면 "구원이 세상에 어딨어요?" 묻겠지만 그 비슷한 건 있다고 말해 주고 싶다. 완벽한 구원은 당연히 없지만, 내일이 기대되는 거. 모레 챙겨 볼 드라마가 있는 거. 그게 모여서 구원 같아질 수 있다고. 역으로 꼭 누군가와 함께 있다고 해서 구원인 건 아니니까 속지 말라고 덧붙이고 싶다. 그럼 10대의 나는 이럴 테지. "도대체 뭘 어쩌라고?"

서로가 서로의 어깨가 되어 주면 된다. 한없이 기울어지는 것 같을 때, 내 머리가 누군가의 어깨에 닿는다면 그건 그냥 잠시 쉬는 게 되니까. 아무것도 짊어지고 싶지 않을 때 누군가 내 어깨에 기대 잠을 잔다면 깨어날 때까지 기다려야 할 테니까.

어깨를 빌려주고 빌리다가 하루쯤은 어깨를 맞대고 앉아 있자.

아마 그때의 내가 지금의 내 앞에 나타날 일은 없을 거다. 내가 미래의 나를 만날 계획이 없는 것처럼. 그래서 어깨를 빌려 달라는 말을 자꾸만 기도처럼, 계속, 혼자 중얼거리고 있다. 어깨를 빌려주자. 어깨를 빌리자. 내 옆에 어깨가 있음을, 추락하는 내 머리를 받쳐 줄 것들이 있다는 것을 알자. 믿자. 나는 그래도 되는 사람이라는 것을.

그런 마음으로 소설을 썼다. 나는 이 책을 읽은 당신이 죽지 않았으면 한다. 죽지 않고 무럭무럭 자라서 소리 내 울거나 소리 내 웃었으면 한다. 그래, 사실 나는 이 말을 하기 위해 긴 소설을 쓰고도 작가의 말을 덧붙이고 있다.

죽지 말고 살아 줘.

그 부탁을 너무, 너무 하고 싶었다.
그리고 나 역시 절대 죽지 않을 거라는 약속을 남기고 싶었다. 백 년 동안 숨바꼭질을 하는 마음으로 우리 죽지 말자.
당신에게 새끼손가락을 펼친 손을 내밀어 본다.

2025년에
박서형

추천의 말

청소년 시절, 억울하고 슬픈 일이 생길 때마다 세상에서 사라져 버리는 상상을 자주 했었다. 아무도 내 마음을 몰라주고 나 따위는 사랑하지 않을 거라고 믿었기 때문이다. 생각은 자주 죽음으로 건너뛰었다. 만약 내가 죽는다면 누가 가장 슬퍼할까? 아니 슬퍼하는 사람이 과연 있기는 할까?

이 소설은 '죽고 싶다'는 마음을 '현실'로 만들려는 아이들의 발칙한 이야기다. 한여름의 바닷가, 가판대에서 아르바이트를 하는 남녀 고등학생 청소년인 '이삭'과 '이리리'. 풋풋한 청춘 로맨스의 설정을 떠올리겠지만 두 사람이 이어진 건 '죽음'을 꿈꾸고 있어서다. 네가 그 죽고 싶은 아이구나. 실은 나도 그래. 무슨 소리야. 네가 나에 대해 뭘 안다고! 이삭은 부모에게 버림받다시피 할머니의 손에 키워지는 외로운 청소년. 이리리는 퀴어로서 동성을 사랑하지만 그 친구에게 부정당하고 부모에게조차 이해받지 못하는 고립된 청소년. 세상의 지독한 편견 속에서 둘은 서로 다른 상처와 슬픔을 갖고 있고 그건 결코 섞일 수 없는 '지독히 고립된 우주'처럼 보인다.

중요한 건 자신의 고통과 슬픔이 외려 상대를 이해하는 출발점이 된다는 점에 있다. 누구에게도 닿지 못할 것 같았던 이삭과 이리리의 '우주'가 서로의 외로움을 알아채고 자신보다 상대를 더 아끼는 유일한 빛이 되어 가는 과정을 따라가다 보면 마음이 뭉클해진다. 소설은 한눈파는 법 없이 촘촘하고 사실적인 묘사와 진지한 태도로 둘의 깊은 관계성에 집중한다. 마침내 '조력 자살'이라는 윤리적으로 뜨거운 질문에까지 도달하게 되면 두근거리는 심장 박동으로 터질 것 같은 긴장감에 휩싸인다. 이 부분은 그야말로 소설의 백미다.

오래전 세상을 떠난 고모의 빈집에서 고모가 남긴 지난 편지를 읽으며 오히려 삶 쪽으로 발걸음을 돌리게 되는 것을 보며 마침내 우리는 알게 된다. 죽고 싶다는 말은 미안했다고 사과를 받고 싶은 소박한 기대이며 제발 내게 손을 내밀어달라는 간절한 구조 요청이고 나에게는 끝내 네가 필요하다는 뜨거운 고백이라는 것을. 이 소설은 '죽음'에 직면함으로써 역설적으로 '삶'을 포기하지 않는 법을 알려 주는 감동적인 성장 소설이다. 책을 덮으면 이삭과 이리리가 서로를 바라보며 여름빛 속에서 환하게 웃고 있을 것만 같다.

박상수
(시인, 문학평론가, 명지대학교 문예창작학과 교수)

해파리를 따라서 여름으로
© 박서형, 2025

초판 인쇄 | 2025년 2월 20일
초판 발행 | 2025년 2월 27일

지 은 이 | 박서형
펴 낸 이 | 서장혁
책임편집 | 성유경
마 케 팅 | 최은성
디 자 인 | 이새봄

펴 낸 곳 | 토마토출판사
주　　소 | 서울시 마포구 양화로161 케이스퀘어 727호
T E L | 1544-5383
홈페이지 | www.tomato4u.com
E-mail | story@tomato4u.com
등　　록 | 2012. 1. 11.
I S B N | 979-11-92603-68-1 (03810)